智慧少年

好故事伴成长

杜保东◎主编

满足学生好奇心的50个智慧故事

天津出版传媒集团

天津科学技术出版社

图书在版编目（CIP）数据

好故事伴成长满足学生好奇心的50个智慧故事 /
杜保东主编. — 天津: 天津科学技术出版社，2012.1（2021.6重印）
（智慧少年书系）
ISBN 978-7-5308-6737-2

Ⅰ.①好… Ⅱ.①杜… Ⅲ.①故事—作品集—世界
Ⅳ.①I14

中国版本图书馆CIP数据核字（2011）第271033号

智慧少年书系——好故事伴成长满足学生好奇心的50个智慧故事
ZHIHUI SHAONIAN SHUXI ——HAO GUSHI BAN CHENGZHANG MANZU XUESHENG HAOQIXIN DE 50 GE ZHIHUI GUSHI

责任编辑：杜宇琪
责任印制：刘 彤

出　　版：	天津出版传媒集团 天津科学技术出版社
地　　址：	天津市西康路35号
邮　　编：	300051
电　　话：	（022）23332399
网　　址：	www.tjkjcbs.com.cn
发　　行：	新华书店经销
印　　刷：	永清县晔盛亚胶印有限公司

开本 690×940　1/16　印张 10　字数 200 000
2021年6月第1版第5次印刷
定价：35.00元

前言

　　智慧是什么？智慧不是简单的背诵课文，也不是解开复杂的数学题，而是成长中克服困难的法宝。人生的道路上总会遇到这样那样的挫折和迷惘，只有拥有智慧的人，才能跨越挫折，走出迷惘。

　　智慧在哪里呢？其实它离我们并不遥远，它就藏在生活的点点滴滴之中，只要你稍稍留心，通过感悟，就能从遇见的小事中得到智慧启迪。智慧需要通过学习，实现知识和经验的积累。如果你平时不善于磨炼大脑，不细心感悟，那么，智慧就无法驻足在你的头脑中。因为智慧只垂青那些多看、多读、多思考的人。

　　我们精心挑选了50个智慧故事，编成《好故事伴成长满足学生好奇心的50个智慧故事》。此书以激发学生智慧为出发点，每篇故事后面都总结了故事的精华，引导读者感悟智慧。主题故事的前面，还配有一幅多格漫画，它表现的是与主题故事寓意相同的另一个故事，目的在于从多个角度表达主题寓意，使读者理解得更深刻。

　　此书最独特的一点，是编者在点出故事寓意的同时还有一个做一做栏目。它围绕故事的主题，告诉读者在实际生活和学习中，具体该做些什么，应该怎样做，有什么是需要改正的，有什么是应该发扬的。

　　愿这本书能够成为孩子生命中的点金石，得到智慧的法宝，跨越成长道路上的种种挫折，赢得快乐成功的人生。

编者

目 录

1 高斯巧算术
　　——寻找规律性　　　　　　　　1
2 绿豆坛里的金币
　　——谎言经不起智者推敲　　　　4
3 楚地梁浇
　　——帮助别人就是帮助自己　　　7
4 巧装油和醋
　　——学以致用　　　　　　　　10
5 阿凡提种金子
　　——贪小便宜吃大亏　　　　　13
6 孔融智辩
　　——妙语应对无礼人　　　　　16
7 森林遇难
　　——良好的心态面对困难　　　19
8 一张纸条
　　——主动出击，创造机会　　　22
9 地里的财宝
　　——勤劳出财富　　　　　　　25
10 小铁钉换回大笔钱
　　——积少成多　　　　　　　　28
11 苦水和冰块
　　——耍小聪明，自欺欺人　　　31
12 棋盘上的麦子
　　——智慧要以知识做基础　　　34
13 月亮和外国
　　——不确定的问题巧妙作答　　37
14 喜欢安静的老人
　　——用智慧实现愿望　　　　　40

15	半文钱吃官司	
	——不要轻视他人	43
16	狮子求婚	
	——不轻易放弃优势	46
17	巧抓绑匪	
	——急中生智自我保护	49
18	宽容的将军	
	——自我解嘲是宽容	52
19	没有底的木桶	
	——不要忽略最简单的方法	55
20	公鸡下蛋	
	——拒绝对方讲方式	58
21	唯一的保镖	
	——突破陈规向前进	61
22	八斗才子写门联	
	——戒骄戒躁，再接再厉	64
23	巨额奖金的得主	
	——转换角度思考问题	67
24	学爸爸"骗"爸爸	
	——"骗"父母同享福	70
25	最有价值的小金人	
	——虚心听取他人建议	73
26	诸葛田取巧银环	
	——培养自力更生的能力	76
27	赞赏的魔力	
	——赞美带来自信	79
28	牧童智除大灰狼	
	——用智慧战胜敌人	82
29	智躲强盗	
	——先发制人	85
30	巧断黄金案	
	——身心放松吐真言	88
31	左宗棠下棋	
	——有长远的打算	91
32	浮力定律和金鱼	
	——尽信书不如无书	94

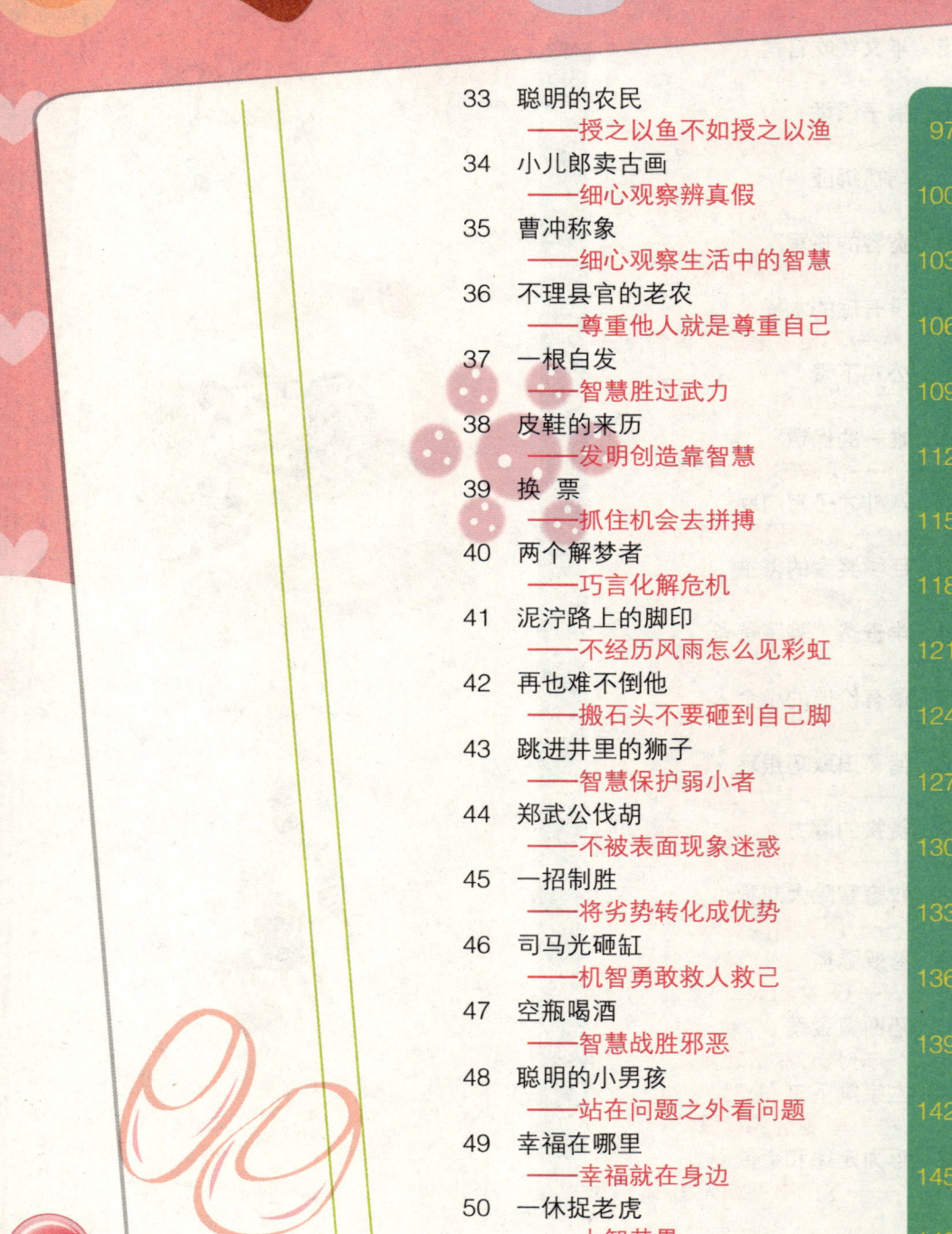

33 聪明的农民	
——授之以鱼不如授之以渔	97
34 小儿郎卖古画	
——细心观察辨真假	100
35 曹冲称象	
——细心观察生活中的智慧	103
36 不理县官的老农	
——尊重他人就是尊重自己	106
37 一根白发	
——智慧胜过武力	109
38 皮鞋的来历	
——发明创造靠智慧	112
39 换 票	
——抓住机会去拼搏	115
40 两个解梦者	
——巧言化解危机	118
41 泥泞路上的脚印	
——不经历风雨怎么见彩虹	121
42 再也难不倒他	
——搬石头不要砸到自己脚	124
43 跳进井里的狮子	
——智慧保护弱小者	127
44 郑武公伐胡	
——不被表面现象迷惑	130
45 一招制胜	
——将劣势转化成优势	133
46 司马光砸缸	
——机智勇敢救人救己	136
47 空瓶喝酒	
——智慧战胜邪恶	139
48 聪明的小男孩	
——站在问题之外看问题	142
49 幸福在哪里	
——幸福就在身边	145
50 一休捉老虎	
——大智若愚	148

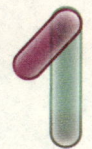

高斯巧算术
——寻找规律性

 好故事伴成长满足学生好奇心的50个智慧故事

📊 智慧故事

高斯是德国著名的数学家。小时候他就是一个爱动脑筋的聪明孩子。

高斯上小学时，有一天，快要放学了，数学老师出了一道题目让同学们完成，这道题目是从1+2+3……+100为止。老师说，谁先做完谁就可以先离开教室。同学们立刻开始计算起来：1+2=3，3+3=6，6+4=10……

可是，只过了几分钟，小高斯就举起了手，告诉老师他做完了。老师一看答案，5 050，完全正确。老师很惊讶，问他是如何这么快计算出来的。

高斯说，1+100=101，2+99=101，一直到50+51=101，一共有50个101，这样，101×50=5 050。

老师非常高兴，表扬了高斯，并立刻让他放学回家了。

智慧小语

老师出的这道算术题对于小学生来说不是那么容易,很多人可能都会按照一般的算术方法把它们一直加下去。但高斯并不急于把这些数字一个一个加起来,而是先观察它们是不是有什么规律。终于,高斯发现了好办法,很快就算出了这道难题,这全都是他仔细观察、用心思考的结果。

1. 寻找各门学科的规律性。英语的单词、语文的字词、历史的事件等,各门学科的知识都有规律性,掌握了规律,各科知识就会由难变易,学习中还会增加不少的乐趣。

2. 寻找游戏中的规律性。小朋友们都喜欢做游戏,其中有些争强好胜的小朋友,对游戏也是刻苦练习,争取在游戏中博得小伙伴们的叫好声和夸赞声。告诉你们一个成为游戏高手的绝招——寻找游戏中的规律性。

绿豆坛里的金币
—— 谎言经不起智者推敲

智慧故事

单身汉阿里要外出游历。临走前他将一坛子封好的绿豆交给邻居米店老板，请他帮忙保管。

阿里过了7年才回来，他从米店老板那里取回坛子。阿里拆开封口，将手伸进坛子里，用手在绿豆中摸索着什么。摸了半天，阿里的脸色变得凝重起来。原来，阿里在坛子里放了100个金币，上面用绿豆盖着，如今，金币不见了，坛子里全部是绿豆。一定是米店老板把金币取走了，换上了绿豆。阿里便去找哈里发告状，可是，没有人证，哈里发一时无法判决。

这个消息一下子便传遍了巴格达城，人们议论纷纷。一天傍晚，哈里发在路边看见3个小孩在做游戏，他们一个扮阿里，一个扮米店老板，另一个扮哈里发。"哈里发"问"阿里"："你真的在坛子里放有金币？""是的！""哈里发"又问"老板"："那么金币被你偷去了？""根本没有金币，里面全部是绿豆呀！""哈里发"在坛子里取出几粒绿豆放进嘴里嚼了嚼，然后指着"老板"说："坛子里居然会有新鲜的绿豆，金币分明是你偷了！"

哈里发大喜，第二天便请那个扮演"哈里发"的小孩帮他审案，又请绿豆商人来鉴别绿豆。果不其然，坛子里除了有7年前变质的绿豆外，还有刚放进去不久的新鲜绿豆。

米店老板不得不供认：在阿里回来的前几天，他发现了坛子里的金币，于是他便将金币全部取了出来，再填满绿豆后将坛子封好。

好故事伴成长满足学生好奇心的50个智慧故事

智慧小语

只要善于开动脑筋，一切阴谋诡计都会被揭穿。就像故事中的几个小孩那样，他们发现已经放置了7年的绿豆早就变质了，而为了代替金币后来才被填进去一定是新鲜的绿豆。最后这些新鲜的绿豆就成了米店老板偷钱的罪证。

1. 不说谎话。我们从小就在"要做一个诚实的孩子"的教育中长大，都知道说谎话就不是好学生的道理。有些谎话虽然能骗得过一时，可没多久就会真相大白的。所以，我们没有任何说谎话的理由。

2. 保持清醒的头脑。在大家都起哄做一件事情时，你要保持清醒的头脑，做出一个正确的判断。当别人给你提建议时，你也要冷静地分析是需要听从还是坚持自己的意见。

3. 没有根据的事情，不要人云亦云。别人都在说某个同学做了什么坏事，如果你对这件事情不了解，就不要也跟着传言。要记住"道听途说并不可信"。

4. 看说话人的神态，留心描述的细节。说谎的人在说话时会比平时说得慢，而且脸红、心跳加速、眼睛不敢直视对方，而且在细节方面描述不清。如果你怀疑对方正在说谎，你可以一直追问他细节方面的事情，说着说着他就不能自圆其说了。

 好故事伴成长满足学生好奇心的50个智慧故事

智慧故事

战国时楚梁相邻，两国都盛产西瓜。梁国人种的瓜长得又大又甜，因为他们经常浇灌他们的瓜田。而楚国人却十分懒惰，很少去灌溉他们的瓜田，所以瓜长得又小又丑，更别提好不好吃了，有的瓜秧甚至根本就不结瓜。

看到梁国的西瓜长得好，楚国人很不服气，常常在夜里去破坏梁国的瓜田，给梁国人造成不少的损失。梁国人气愤不过，请求当地的地方长官，准许他们也过去破坏对方的瓜田。

长官说："为了这点事而去报复，会影响我们和邻国的关系，何必心胸狭窄到这种程度呢？"他让人们回去后，觉得应该想一个不让楚国人再来破坏梁国的瓜田的法子。于是他命手下的士兵们每晚都偷偷地去浇灌楚国的瓜田。

楚国人发现他们的西瓜渐渐地长得又大又圆，心里感到十分惊讶！后来他们经过调查，才知道是梁国人在偷着帮他们灌溉瓜田。

楚国的地方长官把这件事呈报楚王。楚王对国人的表现感到十分惭愧，同时梁人的做法让他十分感动，认为楚国人应该好好向梁国人学习。从此两国建立了很好的邦交。

俗话说："与人方便，自己方便。"单看"人"字，就让我们明白人类生存的智慧在于互相支撑。当我们向别人伸出援助之手时，看起来是我们在帮助别人，其实无形中也是在帮助我们自己。

1. 养成真诚待人的习惯。"真诚"是我们做人的根本，在与人交往时，一定要拿出你的真诚，只有这样，才能获得对方

的信任，对方才能也对你以诚相待，这样，你们之间就很容易沟通。否则，如果你表现得很不在乎，别人也不会在乎你，只会对你应付了事。

2. 同学向你请教时，你要毫无保留地给同学解答问题。这样，同学获得了知识，你则收获更多，不仅加深了对知识的掌握，使你更加自信，还能让你体会到知识的重要性，以后会更加努力地学习。

3. 遵守交通规则，不抢行占道。堵车现象是人人都讨厌的，自己坐的车被堵，心里也是一肚子气，或者急得直冒火。那么你想过堵车的原因吗？个别司机或行人不遵守交通规则，使很多车无法正常行驶，导致堵车现象或车祸发生。如果每个人都遵守交通规则，那不就是方便了别人也方便了自己吗？

智慧小语

"精诚所至，金石为开"，梁国人没有计较楚国人对他们瓜田的破坏，而是用自己的行动展示了他们对邻国的友好，从而建立了两国的友好邦交关系。看得出梁国在处理与邻国的关系上是充满了智慧的。相信只要我们有诚心，肯定能换来投桃报李的良好结果。

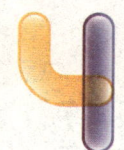

巧装油和醋
——学以致用

智慧故事

　　一天，弗莱斯带着儿子小克利和同邀的几个好朋友到郊外去野餐。出发前，弗莱斯发现油瓶和醋瓶都空了，便喊道："克利，去打些油和醋来。"

　　小克利早就盼望着春游了，他拎着两只空瓶飞快地朝商店奔去。也许他太高兴了，一不注意，将醋瓶失手掉到地上摔碎了。望着地上的碎片，小克利有些丧气，还得回家再取一只空瓶，"嘿！有了！"他突然灵机一动，想到了一个好办法，便径直朝商店走去。

　　到了商店，小克利对售货员叫道："给我打半斤油和半斤醋。"售货员见孩子手里只拿着一个空瓶，便奇怪地问："你到底是打油呢？还是打醋？"小克利道："我都要。""一个瓶子怎么装呀？""你只管装到里面就行了，别的就不用管了。"小克利信心十足地说道。小克利打了油和醋，高高兴兴地回家去，他将瓶子悄悄放在装餐具的皮包里，高声说："爸爸，任务完成啦。"弗莱斯一行开车来到了郊外。他们在野外玩了个痛快，还打了一些野兔。

　　快到中午时，他们来到一条小溪边，准备做饭。"克利，"弗莱斯说，"你把油和醋放在哪里了？""皮包里。"小克利一边回答，一边目不转睛地望着小溪里那些自由自在的小鱼。弗莱斯掏出了瓶子，只见上半截是黄色的油，下半截是黑色的醋。"啊！怎么搞的？这就是你打的油和醋？！"弗莱斯有些发火了。"怎么啦？"小克利站了起来。"这样你让我怎么用？我等着烧菜呢！""我来帮你，你需要什么，我给你什么。""先用油。"弗莱斯有些好奇了，有心要看看儿子玩的什么名堂。小克利从容地将瓶盖拧开。由于油浮在上半截，他很容易地将油倒了一些出来。父亲一边烧菜一边对克利说："把醋给我。"克利将瓶盖盖上拧紧，把瓶子倒过来。这样，油浮了上去，醋沉了下来，他慢慢将瓶盖松开一些，醋就流了出来。弗莱斯欣慰地笑了，说道："这小家伙，鬼点子还不少。"

好故事伴成长满足学生好奇心的50个智慧故事

智慧小语

油与醋比重不同,因此能够在混合的时候一个浮在上面一个沉在下面。小克利正是利用了它们的这一特性,才顺利地将它们放在一个瓶子里使用。这种能够将知识活学活用的能力正是我们的成长过程中非常需要的。

如果你还在为学习成绩落后而烦恼,还在为自己的笨手笨脚而苦恼,从现在开始,养成学以致用的习惯吧,你的学习和生活将会变得更加精彩。

1. 书里书外结合起来。书本上的知识就是对生活中的事物的记叙和描写,如果在学习书本知识的同时能够联系、联想到生活中的事物,你就会加深理解,增强记忆和学习的效果。

2. 课堂内外结合起来。课堂上老师教给我们很多动手方面的知识,比如:课外观察昆虫,做一次调查,做一种游戏等等。我们一定要亲自去做,感受其中的乐趣,培养自己的动手能力。

3. 想和做结合起来。也许你是一个爱想象的人,可就是懒得动手去做。其实,你的很多想法是可以实现的,你也可以成为发明家,差别就在于想和做之间。所以,不要让你的想法停留在大脑里,要动手去做一做。

阿凡提种金子
—— 贪小便宜吃大亏

好故事伴成长满足学生好奇心的50个智慧故事

智慧故事

阿凡提打算整治一下贪婪而愚蠢的国王,于是在沙滩上假装种金子。国王打猎经过这儿,好奇地问:"阿凡提,你在这儿干什么呢?"

阿凡提恭敬地回答:"陛下,我正忙着种金子呢!"

国王听了惊诧不已,瞪大眼睛:"快告诉我,聪明的阿凡提,把金子种了能怎样呢?"

"尊敬的陛下,是这样的,现在把金子种下去,到了星期五,就可以来收割,把金子收回去。"

国王满脸堆笑:"亲爱的阿凡提,你的种子只有这么多,能发多大财呢?要种就多种点。种子不够,尽管到我宫里来拿好了!要多少我就可以给你多少。不过,那得算咱们合伙种的,长出金子来,咱们二八分成,我得八成就行了。"

阿凡提装出勉强应允的样子。第二天,阿凡提到宫里拿了2斤金子,刚过一个礼拜,阿凡提就给国王送去了"收割"的10多斤金子。

看到2斤金子换回了这么多金子,国王高兴极了,立刻叫人把库藏的好几箱金子交给阿凡提种植。可这次阿凡提得到金子后把金子都分给了穷人。

又过了一个礼拜,阿凡提垂头丧气地去见国王。国王一见阿凡提,笑眯眯地问:"阿凡提,你身体好吗?金子呢?都带来了吗?在宫门外吗?"

阿凡提突然号啕大哭起来,说:"陛下,这次我们倒霉了!一连好几天滴雨不下,太阳烤得大地冒烟,咱们的金子都干死啦!别说收成,连种子也赔进去了。"

国王听罢,勃然大怒:"阿凡提,你骗鬼去吧!金子哪会干死?"阿凡提说:"陛下,您不相信金子会干死,怎么又相信金子种了能生长呢?"

一席话说得国王无言以对,只好自认倒霉。

智慧小语

金子没有生命，种了怎么能生长呢？可愚蠢而贪心的国王就是不懂得这个道理，难怪会让阿凡提把他整得很惨。做人不贪心，才不会因小失大，这里包含了太多的智慧，需要小朋友们在生活中慢慢地去学习和体会。

1. 不要总想着不劳而获。也许我们都会想，如果我买彩票中了很多钱，那该多好啊，我以后就可以什么也不用干了。可是真正幸运的只有极少数，我们大多数人还是要靠自己的双手、靠自己的辛勤努力才能过上幸福的生活。

2. 不要相信路边的骗子。如果有人在马路上玩魔术、设赌局，千万不要上前观看。以免自己因为骗子的花言巧语而放松警惕，最终上当受骗。在马路上有人推销东西，你也不用好奇。他们往往以次充好，以假乱真。还有些骗子以新的科技成果、祖传秘方等行骗。只要不贪便宜，就不会受骗。

3. 不买太便宜的东西。如果有一样商品卖的价格比同类商品低很多，那你千万不要买，那些东西肯定有问题。如果买了，不仅浪费钱财，还可能造成其他损害。

 孔融智辩
——妙语应对无礼人

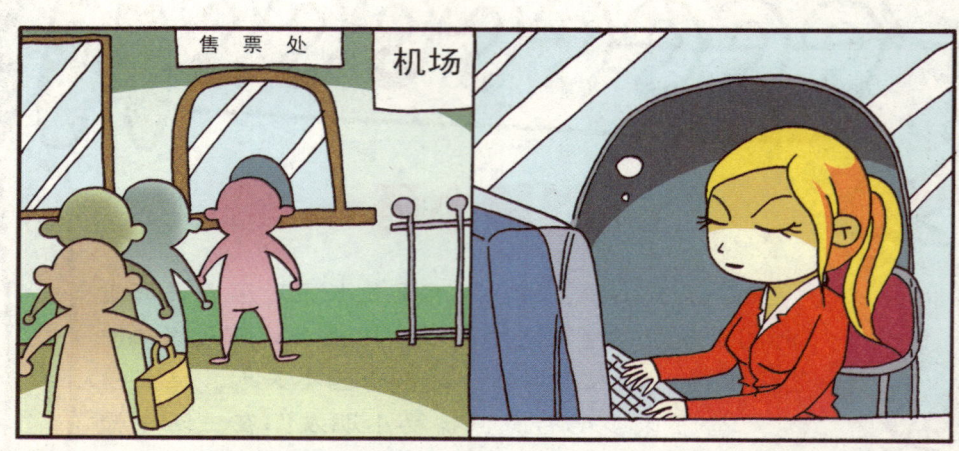

智慧故事

东汉末年的文学家孔融10岁时住在洛阳，当时洛阳的行政长官是李膺。李膺的名气很大，孔融决定去见见他。

李府的家门是不让一般人随便进去的，只有那些社会名流和本家亲戚才可以进入。于是孔融便跟门房说："我是李府的亲戚。"门房通报后，便把他让进前厅坐下等候。

李膺出来后，见是个不认识的小孩子，心里有几分不高兴，但还是客气地问："你和我是什么亲戚呢？"孔融说："想当年春秋时期，我的先人仲尼(孔子)曾向您的先人伯阳(老子)请教过，他们有师生之谊。这样说来，我们孔李两家历来都有通家的交情，难道不是亲戚吗？"

李膺见小孔融很会讲话，就有些喜欢他，对他说："留在这儿吃饭吧！"孔融说："可以吃。"李膺对这种回答有些不满，说："我要教教你作客人的礼节，如果主人让你吃饭，就不必说谢谢了。"李膺说的是反语，他是嫌孔融没有说客气的话。谁知孔融回答说："我也教教您老人家当主人的礼节吧，要留客人吃饭，就不必征求客人的意见了。"

孔融的话让李膺惊叹不已，便说："你将来一定大有出息。可惜我活不了多久，看不到你出息了。"孔融说："大人离死的时候还早着呢！"李膺问："你怎么知道呢？"孔融说："不是有句俗话叫'人之将死，其言也善'吗？说人快死的时候，说的话都中听。您一向不说中听的话，所以我说您活的时间还长着呢！"

正在他们谈话的时候，大夫陈韪进来了。他听了一段孔融的议论，发现李膺被辩得无话可说，想为李膺解围，便暗指孔融说："小时候聪明的孩子，长大了未必能有什么出息。"

孔融一听，马上反唇相讥："看来大人小的时候，必定是很聪明的了。"一句话，把陈韪说了个大红脸。

好故事伴成长满足学生好奇心的50个智慧故事

智慧小语

孔融小小年纪就聪明伶俐，不畏惧权势，能够用自己的机智和口才将名人大官辩得无还击之力。这不仅仅是由于他的聪明才智，还在于他能够不因自己年轻而感到自卑，也不因自己有才而目中无人，使李膺、陈韪最后受到了教训。

1. 用微笑面对别人。如果你微笑着面对同学，同学也报以微笑，那么大家都会有一个好的心情。

2. 假如别人对你无礼时，你应该表示宽容；假如对方得寸进尺，或者无事生非、恶意刁难，那么你要不卑不亢，告诉那些没礼貌的人，他伤害到了你，不是你好欺负，只是你不愿意和他计较。

3. 对集体意识淡薄的同学要多加帮助。不懂得谦让和基本社交礼仪的人，往往会导致集体意识淡薄，对于这些人，我们不但不能冷落，还要多帮助。比如给他推荐一些礼貌、礼仪方面的书，让他养成讲文明用语、礼貌待人的习惯，做一个有教养的人。

森林遇难
——良好的心态面对困难

好故事伴成长满足学生好奇心的50个智慧故事

▌▍ 智慧故事

一个人在森林中漫步时，突然遇见了一只饥饿的老虎，老虎大吼一声扑了上来。他立刻用最快的速度开始逃，但是老虎紧追不舍，他一直跑一直跑，最后被老虎逼到了悬崖边。

在悬崖边，他想："与其被老虎活活咬死，还不如跳入悬崖，说不定还有一线生机。"想完，他纵身跳入悬崖，幸运地卡在一棵长在崖边的梅树上。

正在庆幸时，他听到悬崖深处传来巨大的吼声，一只凶猛的狮子正抬头看着他。狮子的声音使他心颤，但他转念一想："狮子与老虎都是猛兽，被谁吃掉都一样。"

他刚放下心，又听见一阵声响，两只老鼠正用力咬着梅树的树干。他先是一阵惊慌，立刻又放心了，他想："被老鼠咬断树干摔死，总比被狮子咬死好。"

情绪平复下来后，他看到梅子长得正好，就采了一些。然后他又找到了一根枝丫休息，心想："既然迟早都要死，不如在死前好好睡上一觉吧！"于是他靠在树上沉沉地睡去了。

睡醒之后，他发现老鼠、老虎和狮子都不见了。他小心翼翼地攀上悬崖，终于脱离了险境。原来就在他睡着的时候，饥饿的老虎按捺不住，终于大吼一声，跳下了悬崖。

老鼠听到老虎的吼声，惊慌地逃走了。而跳下悬崖的老虎与崖下的狮子展开激烈的打斗，双双负伤逃走了。

智慧小语

故事中的这个人真的很幸运，几次在危险的边缘徘徊，最终却可以化险为夷。的确，在生活中我们不可避免地要遇到一些困难。在困难面前，我们不能被它吓倒，而是应该用良好的心态去面对它，想办法战胜它。面对困难而临危不惧，是人生的一大智慧。

1. 遇到事情一定要沉着、冷静。生活中会遇到很多令人措手不及的变故，越是这样，我们越不能自己先乱了方寸，一定要时刻提醒自己冷静、冷静、再冷静，只有沉着地应对，冷静地思考对策，一切问题才会迎刃而解。

2. 时常保持一颗平常心。每个人都有自己的理想，理想固然很重要，但每一个理想都是以现在为起点的，只要我们能把握好现在，以一颗平常心处事，那么我们的理想就会一步步地得到实现。如果遇到了突发事件，也一定不要慌，沉着冷静地找出解决的办法。

3. 面对困难不退缩，把它看成是对自己能力的考验。即使失败了，你也会得到更多经验，避免下次再走弯路。

4. 少些牢骚，多些宽容。尽量用宽容平和的心态对待周围的一切。

5. 多参加有益的文娱活动。如和小朋友们玩游戏，参加学校的体育项目等，开阔自己的视野。

一张纸条
——主动出击，创造机会

智慧故事

巴黎一家服装公司欲招4名儿童做模特，以便在发布会上推销新装。很多家长带着自己的孩子前来应聘，报名人数一下子就超过了50人。

一个衣着朴素的孩子来得晚了一些，排在第28位。他左顾右盼，显出十分着急的样子。原来，他的爸爸在生病，已经在床上躺了3个多月了，正等着钱买药呢。可怜的孩子！在他前面的27个孩子一个一个走进面试间，很有可能4个名额就在他们里面产生。

这个孩子灵机一动，写了一张纸条交给门口的一位女秘书，他很有礼貌地请她帮忙送给经理。女秘书热情地答应了小男孩的请求。

小男孩信心十足地回到自己的位置，耐心地等待着……

女秘书进门后，忍不住打开这张纸条，几行文字跃入眼帘：

尊敬的经理：

在您尚未见到排在第28位的小孩之前，请您不要做出最后决定。

女秘书一阵风似的冲进经理室说："经理，来了个能干的小机灵鬼！"

一会儿，经理派女秘书出来传话："排在第28位的孩子，我们决定第一个录用你。"

好故事伴成长满足学生好奇心的50个智慧故事

智慧小语

有些孩子或许很有才能，也很自信，但是却比不上这第28位孩子。因为这个孩子并没有一味地等待别人给予机会，而是以自己的智慧和信心，为自己创造了机会。正是他的这种自信和智慧打动了公司经理，也为自己赢得了一个宝贵的工作机会。

1. 见到同学，主动问好。早上上学时，见到同学，要面带微笑主动问好。这样不仅会加深同学间的友谊，而且也会使你的心情更好。在路上见到同学、老师和长辈，都要主动问好。

2. 主动承认错误。从小家长和老师就教育我们要诚实勇敢，当我们做了错事，承认错误只表现出诚实的品德，而主动承认错误才表现出勇敢的精神。主动承认错误，使对方看到你优良的品格，更容易原谅你。

3. 主动帮助有困难的人。助人为乐是每个中华儿女都应具有的高尚品德，看到有困难的人，如果我们的力量可以帮助他们，就要主动地尽力去减轻他们的困难。

9 地里的财宝
——勤劳出财富

好故事伴成长满足学生好奇心的50个智慧故事

智慧故事

老农就要死了,他担心孩子们无法操持农事,就把他们叫到了跟前。

"孩子们,我就要死了,但我怕你们以后生活得不好,所以必须告诉你们一些事情。"孩子们很悲伤,都很认真地听着父亲的教训,"我们家的土地千万不能丢掉,祖辈上留下话说我们的地里有很多的财宝,但我一直没有找到,我希望你们以后即使是把地翻遍也要把财宝找到,这样我也就能安心地走了。"

老农过世了,他的孩子照他的话仔仔细细地把地翻了个遍,但他们却什么也没有找到,只好种上粮食。秋天,他们获得了好收成,这时候他们才领悟到父亲的良苦用心。

智慧小语

勤劳的人,才会品尝到秋天收获的甜美。老农并没有什么豪言壮语,只是善意地用一个美丽的谎言告诉了他的孩子们,勤劳的双手才是人生最宝贵的财富。

1. 刻苦学习。作为一名学生,学习是我们的天职,刻苦学习不仅仅能让我们取得好成绩,更重要的是能让我们掌握丰富的科学文化知识,将来做一名对社会有用的人。所以我们要抓住一切可以利用的时间,好好学习,千万不能白白浪费了时间。

2. 培养良好的自学能力。老师在我们的学习过程中只起一个指导作用,真正的学习还是要靠我们的自学,所谓的自学就是指自主的、自觉的学习,尤其是我们正处于青少年时期,活泼好动是我们的天性,越是这样,我们越要克制自己,摆正学习和玩耍的位置。

3. 发扬持之以恒的精神。说到自学,其实并不难,可是俗话说:自学容易坚持难。学习贵在坚持,贵在持之以恒,因为学习本身就是一个很枯燥、很漫长的过程,所以只要我们能够坚持下去,成功一定属于我们!

10 小铁钉换回大笔钱
——积少成多

欢迎伯父来访。

为何不打扫庭院来迎接宾客。

我要扫除天下,怎能去打扫屋子呢?

一屋不扫,何以扫天下?

智慧故事

有一对以拾破烂为生的兄弟，他们天天都盼着能够发大财。最终，上帝决定给他们一次发财的机会。

一天，兄弟俩照旧从家里出发沿着街道一起向前走去。但这条偌大的街道仿佛被人来了一次大扫除，平日里常见的破烂都不见了踪影，仅剩的就是东一个西一个躺在地上的一寸长的小铁钉。

老大看到路上的铁钉，便把它们一个一个地捡了起来。

老二不屑一顾地说："三两个小铁钉能值几个钱？"而老大并不嫌弃，继续弯腰一个个地拾了起来。

走到街尾时，老大捡到了差不多满满一袋子的铁钉。

看到老大的成绩，老二若有所悟，也打算学老大那样捡一些铁钉，不管多少，最起码也能卖点钱，于是便回头再去找，可等他回头看的时候，来时路上的小铁钉一个都没有了，全被老大捡光了。

老二心想：没关系，反正几个铁钉也卖不了多少钱，老大捡的那一袋，可能连三美元都卖不到，所以他也就不觉得可惜了。于是，兄弟两个继续向前走，没多久，兄弟俩几乎同时发现街尾新开了一家收购店，门口挂着一块牌子写着：本店急收一寸长的旧铁钉，一元一枚。

老二后悔得捶胸顿足。老大则用小铁钉换回了一大笔钱。

店主走近在街上发愣的老二，问道："孩子，你们走的是同一条路，难道你就一个铁钉也没看到？"

老二很沮丧地说："我看到了啊。可那小铁钉并不起眼，我更没想到它竟然这么值钱。"

智慧小语

无论是金钱还是智慧,无论是友情还是命运,都是一点一滴积攒起来的,不要总认为小事微不足道,就不肯去做。也许正是这些微不足道、不足挂齿的小事,最终成就了你的梦想,"大丈夫一屋不扫,何以扫天下"说的就是这个道理。

1. 要学会节省每一分钱。爸爸妈妈平时给我们的零花钱可能很多,但是我们一定要学会合理地利用每一分钱,该花的花,不该花的绝对不花,因为这不只关系到钱的问题,更重要的是这个习惯对于我们今后做人做事都有很大的帮助。

2. 注重积累知识。其实,学习的过程也就是一个知识积累的过程,无论是课内,还是课外,我们都应养成时刻积累知识的好习惯,把自己学到的知识点加以分类、归纳、总结,并将它们灵活地运用起来,活学活用,这样我们对于知识的掌握才能更牢固,时间长了,我们的知识就会很丰富。

3. 多做好事,不做坏事。"不以善小而不为,不以恶小而为之",就是说,不要认为一件好事并不起眼就不去做,不要认为一件坏事并不大而去做。比如随手丢垃圾,虽然不是什么大事,但是如果丢的人多了,可以想象一下世界将变成什么样子。

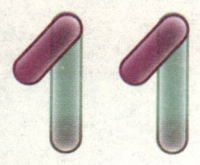

11 苦水和冰块
—— 耍小聪明，自欺欺人

好故事伴成长满足学生好奇心的50个智慧故事

智慧故事

　　长着一口利牙的莫特是个好胜心强的孩子，他曾经连续用他的前牙咬开好几只汽水瓶盖，所以伙伴们都称他为"獠牙小子"。

　　艾达维尔城每年盛夏都要举行一次耐力竞赛，参赛的孩子化装成印第安人，进行古老的搭帐篷、烧水壶和喝苦水三项比赛，这是每一个印第安男子所必须具备的本领。获胜者将有机会和市长一同乘车游览市容。去年的比赛中，"獠牙小子"在喝混入了醋和山芥菜的苦水时输给麦文，失去了夺得冠军的机会。

　　今年的比赛又快到了，赛前莫特苦练喝苦水，练得嗓子呼呼响，但总觉得不适应。他不知道麦文为何有这本领，所以请来小侦探勒鲁瓦帮忙，要他在比赛时盯住麦文，以防他作弊弄假。

　　比赛那天，勒鲁瓦应约来到赛场。装扮成小印第安人的麦文第一个搭好帐篷。"獠牙小子"自知搭帐篷是自己的弱项，所以养精蓄锐，准备烧水壶比赛。天气很热，麦文取得第一项比赛胜利后，满头大汗，他从自备的小冰箱里取出了冰，含在嘴里，又将剩下的冰块用毛巾包起来，枕在头下，躺在草地上休息。他似乎并不在乎烧水壶的比赛，而把注意力集中在最后一项比赛上。 烧水壶的比赛开始了，"獠牙小子"发挥了他的特长，他用石头在牙齿上一磕，就碰出火花，立即点燃了水壶下面的柴火。而其他孩子还拼命用两块石头撞击取火呢！虽然麦文也身手不凡，但还是输给了"獠牙小子"。决胜局的喝苦水比赛开始了，麦文吐掉口中的冰块，拿起那杯特殊配制的苦水，像喝汽水似的一口气喝了下去。其他孩子只尝了一下苦水的味道就自动放弃了。轮到"獠牙小子"时，他刚喝了一口，就浑身抽搐，小侦探勒鲁瓦走到他跟前鼓励说："不管怎么苦涩，也要喝完。""獠牙小子"两脚在地上乱蹬乱踩，眼睛一闭，脖子一昂，把那杯苦水全倒进了嘴里。喝是喝完了，但还是比麦文晚了一些。

　　当裁判正要宣判比赛结果时，勒鲁瓦附在裁判的耳边说："麦文有弄虚作假行为，他将冰块含在嘴里，使舌头麻痹失去了味觉，所以就感觉不到苦水的苦味了。这是投机，并非真正具有吃苦耐劳精神，莫特虽然喝得慢一些，但表现得极为勇敢，这次比赛的冠军应该属于他。"经过核实，评委们取消了麦文的参赛资格，宣布冠军得主为"獠牙小子"。

智慧小语

喝苦水的比赛是为了锻炼人们的意志力和忍耐力。但是麦文却利用冰块可以麻痹舌头，感觉不到苦味的原理，从中作弊获得了优胜。这种靠欺骗得来的优胜并不是真正的胜利，它总会被人揭穿，最后还是得靠自己的才智和勇敢才能获得真正的胜利。

1. 靠自己的实力去战胜一切。有时，人们为了达到某种目的，不是凭借自己的实力去争取，而是用一些不正当的手段，来达到自己的目的，这样，即使得到了他们想要的，也不能长久拥有它，因为总有一天，真相大白后，短暂的得到就会变成永远的失去。因此，我们要凭借自己的实力，脚踏实地，朝着自己的目标努力。

2. 要学会积极为自己争取。其实，机会是靠自己争取的，虽然自己具有一定的实力，但是如果你不积极争取，那么机会是不会找上门来的，所以我们凡事都要持一种积极的态度，如果对什么都感觉无所谓，那么你又怎么会成功呢？

3. 不到最后，绝不放弃。很多事情的结果都无法预先料到，都会随着我们的具体操作而发生变化的，所以具体操作过程中，每一个细节都很重要，只要事情还没有结束，我们就不能有丝毫松懈，更不能放弃，这样我们才能笑到最后。比如，做饭过程中，刚开始谁也不知道会做出什么味道的饭菜，如果你在煮的时候能够放入适当的调料，该翻炒的时候就翻炒，那么做出来的菜就会好吃；否则，如果你中途因嫌麻烦而放弃，那么肯定吃不到可口的饭菜了。

12 棋盘上的麦子
——智慧要以知识做基础

智慧故事

古时候，印度有个国王爱玩，经常要大臣们为他想一些新奇的玩法，谁发明的玩具有意思，国王就会给谁奖赏。

一次，一个聪明的大臣发明了一种棋，这种棋变幻无穷，国王久玩不厌。国王十分高兴，要奖赏那个大臣，便对他说："你想要什么奖赏，我都可以满足你。"那个大臣没有要金银珠宝之类的，也没有要城堡和土地。他对国王说："我只要一些麦粒。""麦粒？哈！"国王觉得好笑，"你要多少呢？""国王陛下，你在棋盘第一个方格上放一粒，第二个放2粒，第三个放4粒，第四个放8粒……照这样放下去，每格比前一格多放一倍，把64个格棋盘放满就行了。"国王想：这能放多少呢？最多几百斤吧，小意思！就对粮食大臣说："你去拿几麻袋的麦子，赏给他吧。"粮食大臣计算出棋盘上应该放多少麦粒后，大惊失色，慌忙悄悄地向国王报告："陛下，这可不止是几麻袋的麦子啊！把我们全国所有的粮食都给他，也不够啊！"说完，他把计算结果列给国王看：$1+2+2^2……+2^{63}$=18 446 744 073 709 551 615。国王看到一大堆数字，还是不清楚具体是多少。

粮食大臣解释道："一立方米麦粒大约有1 500万粒，照这样计算，那位大臣所要的放在棋盘上的麦子总和是12 000亿立方米，这些麦子比全世界2 000年生产的麦子总和还要多。"国王脸色铁青，忙问粮食大臣："那怎么办呢？要是给他吧，我将永远欠他的债；要是不给他吧，我就成了不守承诺的人。"粮食大臣想了想说："这很简单，如果他真的要那么多麦子，您就让他亲自到粮仓里去一粒一粒数吧。""如果真的有那么多麦子，那要数多长时间呢？"国王又问。粮食大臣计算了一下说："假设每秒钟能数两粒麦子的话，每天数上12小时，数上10年才能数出20立方米。他要数完那个数目将需要2 900亿年呢！他能活多少年呢？再说每天数麦子的生活，谁能承受得了？这样下去他岂不要短寿？因此我想，他并非想要得到那么多的麦子，只是想看看有没有比他更聪明的人。"

国王十分高兴，对粮食大臣说："看来，你比他还要聪明啊！治理好国家需要有才能的人，这样国家才能富强，我决定提拔你俩为左右宰相！"

好故事伴成长满足学生好奇心的50个智慧故事

智慧小语

那个大臣真是太聪明了！他向国王要求麦子时用了依次加倍的方式。国王当然没有注意到这样计算下来的庞大数字，轻易就上了当。随后，粮食大臣用他的智谋帮助国王解决了这个难题。最后两个人都得到了提升和重用，这难道不是智慧的力量吗？

智慧要以知识为基础，这是一个真理。智慧是将所掌握的知识用在实践中，那些自以为是的耍小聪明的人，很多时候会"聪明反被聪明误"，原因就在于他们没有扎实的基础。

1. 多做一些脑筋急转弯题、探案游戏或其他训练思维的活动。

2. 想拥有阿凡提那种巧言善辩的智慧，除了敏捷的思维，还要多看语言类的书，积累语言知识。不然，你理解不了对方所说的那些词语含义，又怎么去对答呢？更不用说辩论了。

3. 要习惯将智慧用于日常生活中。比如理财方面，妈妈每星期给你20元零花钱，你就要算着如何去合理使用这些钱，这也是在增长你的智慧。

4. 在利用智慧时，还要以道德、教养来约束自己。如果你利用智慧取得了好处，却损害了他人的利益，那么这种智慧不管多有知识含量，我们也是不提倡的。

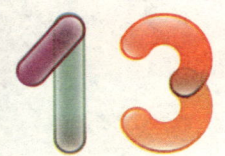
月亮和外国
——不确定的问题巧妙作答

好故事伴成长满足学生好奇心的50个智慧故事

智慧故事

曹植小时候就很聪明,父亲曹操十分宠爱他。

一年中秋,全家在一起赏月,曹操突然问曹植:"月亮跟外国比,哪个远,哪个近?"曹植一口答道:"月亮近,外国远呀!"曹操问他为什么。他说:"月亮抬头就能望见,所以说它近;外国抬头望不见,所以说它远哩!"曹操听了很高兴,着实夸奖他一番。

第二年中秋,有几个外国朋友来拜访曹操。在宴会上,曹操想起去年赏月的事,便问客人:"月亮跟贵国比,哪个远,哪个近?"客人们众说纷纭,争论不休。曹操想当众显露一下儿子的才能,就说:"这个问题,就让我三儿回答一下吧,望诸位多多指教!"

曹植很有礼貌地对客人说:"贵国近,月亮远呀!"曹操听了,很不高兴地说:"去年中秋,你不是说月亮近,外国远吗?怎么长了一岁,却变糊涂啦!"曹植不慌不忙地答道:"月亮虽然抬头望得见,但它可望而不可及,所以说它远;外国虽然看不见,但可以跟我们互相往来,所以说它近哩!"客人们听了,都说有道理,曹操也暗自得意。

对于不确定答案的问题,有两种回答方案,一种是诚实地回答不知道,另一种是巧妙作答,避开问题的直接答案。后者的回答需要有敏捷的思维和善辩的好口才。要想有口才,按下面的方法做会使你有意想不到的收获:

1. 对着镜子练习。许多人说话之所以结巴,很大原因是自卑感在作祟,担心自己讲不好。这时,你就需要巨大的勇气和胆量来克服你的自卑。平时，你可以借助镜子练习演讲来排解自卑带来的心理影响。

2. 多讲多问。这一秘诀主要是给那些不知道如何开口说话的小学生传授的。你可以鼓励自己在课堂上踊跃发言，开小组会或班会时积极发言。看完电影、小说或听过新闻广播之后，主动地向同学复述电影、小说或新闻的情节内容。积极参加学校里举办的朗诵会、讲演会、讨论会等都可以提升你的语言表达能力。

3. 博览群书。利用各种途径扩大自己的知识面，增加自己的知识贮备量。丰富的知识贮备是演讲内容充实精彩的保障。

智慧小语

很多问题在不同情况下就会有不同的答案，它们都是合理的、正确的。就像故事中曹植回答的那样，他从不同的角度考虑月亮和外国的远近，虽然答案不同但却都很有道理，因而得到了曹操的赞赏。所以我们想问题也要多观察、多思考，从多个角度看问题，那样才能得出理由充分、立意最佳的"正确答案"。

喜欢安静的老人
——用智慧实现愿望

智慧故事

一个刚退休的老人在学校附近买了一间房子，住下后的前几个星期都很安静，不久便有三个年轻人开始踢垃圾桶闹着玩。

老人受不了这样的噪音，他对年轻人说："我喜欢看你们这么玩，如果你们每天都来踢垃圾桶，我给你们每人一块钱。"

三个年轻人很高兴，于是踢得更欢了。

过了三天，老人忧愁地说："通货膨胀减少了我的收入，从明天起，只能给你们每人每天五毛钱了。"

年轻人显得很不开心，但还是接受了老人的钱，并依然去踢。一个星期后，老人又对他们说："最近没有收到养老金，对不起，每天只能两毛了。"

"两毛钱？"一个年轻人脸色发青，"我们才不会为了区区两毛钱浪费宝贵的时间在这里撒野呢，不干了！"

从此以后，老人又过上了安静的日子。

智慧小语

一件事情的解决办法有很多种，如果采取了不适当的解决办法，不但得不到期望的结果，甚至很可能会适得其反。选择了正确的方法，就可以在不伤和气的情况下将事情处理得很好。故事中的老人就是如此，用智慧的头脑为自己换来一个清静的居住环境。

每个人都有一个或多个愿望，但是如果你一直不朝愿望的方向去努力，坐等愿望的实现，那恐怕什么愿望都难以实现。

1. 每个人都有自己想得到的东西，现在就为自己许一个近期的愿望吧，而且一定要写下来。经常看到想到，才能时刻激励自己向愿望的方向前进。

2. 通过自己的努力，实现你的愿望，体验愿望实现时的成就感。比如想让妈妈在周末时带你去海洋馆玩，而妈妈更想让你周末复习功课。这时，你要比平时表现得更懂事，按时上下学，放学认真完成作业，并复习功课，还帮妈妈做家务，体谅妈妈的苦心，妈妈看到你这样的表现，也许就会同意你的请求。但如果你和妈妈赌气，那就是另一个结果啦。

3. 找一个和自己愿望相同的同学，比一比谁的愿望先实现。比如你们都想争取成为全班的前三名，那就来个比赛吧。在学习方法上，可是有着大智慧哟。

半文钱吃官司
——不要轻视他人

好故事伴成长满足学生好奇心的50个智慧故事

智慧故事

清朝时，枝江县的县官听说杜老幺聪明机智，深得民众赞赏，他很是嫉妒，一心想整治杜老幺一下，以显示自己的才智在他之上。

有一天，县太爷命人把杜老幺找来说："都说你聪明绝顶，本县倒想试试你到底有多大能耐，你敢跟本县打官司吗？"

杜老幺说："跟您打官司得到荆州府去，可我孤身一人，连半文钱都没有，怎么能够上路呢？"县老爷见他神色黯然，毫无斗志，以为是没有胆量跟自己较量而找借口，随即说道："你有半文钱就敢上路吗？那好，来人啊，斩半文钱给他！"手下马上就把一文铜钱斩成两半，把其中的一半给了杜老幺。

杜老幺接过半文钱后立即就上路了。到了荆州府，杜老幺状告枝江县老爷，他说："他身为百姓父母官，竟然将乾隆通宝劈为两半，如此目无王法，胆大包天，即使不斩也应该先撤官！"

此时，那县太爷正在县衙自鸣得意，还不知道已经上了杜老幺的当。

智慧小语

县官的智慧要用在为民谋福的正当地方，还要笼络人才，将有智慧的人为己所用。作为一个县的百姓父母官，实在不该轻视百姓所赞赏的人才，更不该与之挑衅，最后落得个偷鸡不成倒蚀把米。

1. 学会发现别人身上的闪光点。俗话说：金无足赤，人无完人。每个人都有自己的优缺点，我们要善于发现别人身上的优点。比如某个同学虽然学习成绩不太好，但他很乐于助人，这就是他的优点。发现了他的优点，你就不会再因为他学习差而瞧不起他了，反而会和他成为好朋友。

2. 尊重清洁工、服务员、操作工人等基层工作人员。由于社会分工不同，工种不同，所以每个岗位上都需要有人工作，来维护社会的正常有序运行。俗话说：三百六十行，行行出状元。不管做什么工作，只要是在工作岗位上勤奋努力工作的人，我们全社会的人都应该尊重他，尊重他的劳动成果，向他学习。

3. 不要轻视自己，也就是不自卑。当你发现了别人身上的优点时，你就不会再轻视他，可是这时的你很容易走向另一个极端——轻视自己。现在，抬起头来吧，说不定别人正在羡慕你的健康身体或高超的球技呢。

16 狮子求婚
——不轻易放弃优势

智慧故事

狮子爱上了农夫的女儿，请求农夫把女儿嫁给它。农夫既不忍心把女儿许配给野兽，又不敢拒绝它，就想出一个办法。

当狮子来逼婚的时候，农夫对它说："我愿意把女儿嫁给你，可是我的女儿害怕你的尖牙和利爪，而且我也担心这些会伤害到她。如果你能剪掉你的利爪，并且磨平你的牙齿，我就立刻让女儿与你成婚。"

狮子高兴得不得了，说道："只要能娶到她，什么条件我都答应，我马上按照你的意思去做！"

狮子回去后剪掉了自己尖利的爪子，在磨石上磨平了尖锐的牙齿。它打扮一新，兴冲冲地到农夫家里迎娶新娘。可是等它到了农夫家门口，却发现农夫手提木棒，正朝自己走来，看样子来者不善。狮子警惕地摆好了架势。果然，农夫一阵乱棒像雨点一样敲击下来，但是狮子却无力还击，因为它的爪子和牙齿全然没有任何威力了。

最后狮子只能落荒而逃，更糟糕的是，没有了尖牙和利爪，狮子再也无法捕捉到猎物，最后饿得奄奄一息，昏死过去。

1. 选择特长班时，要根据自己的兴趣和特长来定，不能仅仅依据家长和老师的要求。"兴趣是最好的老师"，比如你喜欢画画，而且认为画得还不错，但是妈妈认为学舞蹈更好。这种情况下，你就要说服妈妈，不要放弃你的兴趣。

2. 在做游戏时，选择自己的强项玩。玩游戏是为了快乐，如果你跳绳跳得好，就不要去玩跳皮筋。在跳绳中，你优美的

姿势和熟练的技巧可以博得小伙伴们的阵阵叫好，你会因此更快乐、更自信，也会使小伙伴们都快乐。

3. 强化自己的弱项。小朋友们肯定喜欢表现自己的强项，但是也不能忘记自己的弱项哟。只要多加学习，弱项自然就会变为强项的。

4. 学习中，每门功课都要均衡。小学和中学期间学习的知识是基础，每门学科必须都学好。如果哪门学科相对较差，就要多用一些时间来补习。"各门功课都学好，花开才会样样红"。我们要从现在开始改变偏科的习惯，做一个全面发展的学生。

智慧小语

轻易放弃自己的强项和优势是不明智的举动，一旦优势失去就很难再挽回，就像故事中的狮子。狮子的全部优势就是它的尖牙和利爪，而农夫用自己的智慧将它的优势消除得一干二净，结果，它只能落荒而逃了。聪明的农夫既保全了自己的女儿，又为大家除了一害，可谓是一箭双雕。

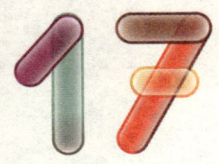

巧抓绑匪
——急中生智自我保护

好故事伴成长满足学生好奇心的50个智慧故事

智慧故事

西班牙一名5岁的女童梅洛迪，在上学的途中被3名匪徒劫走。数小时后，梅洛迪的家人接到电话，匪徒勒索1000万美金。

梅洛迪的父亲纳卡恰安是西班牙的富商，在埃斯特波开设夜总会。他说："我只能筹到300万美金，时间越长，我越担心女儿的安全。"

幸好纳卡恰安急中生智。他想起了妻子的最新唱片，那张唱片封套上妻子照片中的眼睛里，反映出摄影师的影像。于是，当他再次接到匪徒电话时，立即要求他们拍摄女儿的照片，证实她仍然活着。

纳卡恰安收到女儿的照片后，立即交给警方，由警方的摄影专家利用精密仪器，将梅洛迪的眼睛放大，果然从中看出了匪徒的相貌。探员认出其中一名绑匪是惯犯，而且知道他平日出没的地点。于是，为时12天的绑架案得到突破性进展，警方根据这个线索，终于破了此案，使梅洛迪获救。

智慧小语

机智的产生重在平时知识的积累。如果没有这位急中生智的父亲,很难想象小女孩会面临怎样艰难的处境。可见,最后使小女孩获救的,正是散发着无穷魅力的智慧。小朋友们要重视积累生活中的点点滴滴,让智慧之花伴随你成长。

1. 课间活动不要乱开玩笑、搞恶作剧而引起同学之间打架、翻脸,损坏公物,甚至造成伤害事故。

2. 行走时,不以跑代走,防止跌倒或碰撞。如有急事可快步走,注意来往行人车辆。

3. 不要乱丢石块、硬棍,不小心摔、砸、碰伤流血时应及时向老师报告,迅速到卫生室或附近医院处理。

4. 路遇他人索要钱财时,要留心坏人的特征,尽量拖延时间,巧设计谋,抽空溜走报告老师或家长,也可向路人呼救。看到同学被威胁利诱,随行同学应主动迅速报告。

5. 遇到电线断头,切不可随意拉、拔。不熟悉的电器不乱摸,以免发生危险。

6. 若遇闪电打雷,刮台风,要尽量避开大树和危险建筑物。平时不到建筑工地脚手架下或危墙、广告牌下玩耍。

7. 没有家长带领,不能擅自游泳。

8. 不在公共场所、校园内放鞭炮,也不围观他人放鞭炮。

18 宽容的将军
——自我解嘲是宽容

智慧故事

第二次世界大战结束时，几位盟军的将领在一起吃饭。由于都是著名的将军，所以军方特别派了一个年轻的士官随桌侍候。

上菜完毕，那个士官为各位将军斟酒。由于紧张过度，他一不小心，把酒全洒在一位秃头将军的头上了，而这位将军正是宴会中军衔最高的。这时，在场的人全都愣住了，不知如何是好，而那位闯祸的士官更是满脸铁青，全身发抖。

在这尴尬的时刻，只见那位将军用餐巾擦了擦头，然后笑着对士官说："老弟啊，你以为用这种方法就可以治好我的秃头吗？"

智慧小语

在普通人的眼里，那些高层领导都是不容侵犯的。所以可想而知，当酒洒到将军的头上时，士官吓成了什么样子，但将军并没有责怪他，反而还自我解嘲地给他台阶下，这是一种做人的智慧。我们要学会做一个宽容的人，能包容他人的过失，这是我们一生享用不尽的智慧锦囊。

1. 拥有一颗宽容的心。每个人都避免不了会犯错误，世界上没有十全十美的人。所以我们不能抓住别人的一次错误就不依不饶，更不能抓住别人的缺点不放。我们要宽容他人，同时也是给自己机会。比如你的同桌不小心弄坏了你的铅笔刀，他很紧张，这时你就要宽容一点，说句"没关系，反正我还有别的可以用"，这样你不仅安慰了同桌，更坚固了你们的友谊。

2. 要学会团结同学。有时候，同学之间会发生争执，其实都是一些很小的事情，这时作为旁观者，你就要劝解他们，跟他们讲明道理、说明是非，让他们认识到自己的错误，这样不仅平息了争执，而且还让同学之间更加团结。

3. 同学遇到困难时，要尽自己的最大能力帮助他。同学学习不好，你要多为他讲解题目，和他一起温习功课；同学生活上有困难，就要多关心他，邀请他到自己家里去做客，或者将自己的零食给他吃。

没有底的木桶
——不要忽略最简单的方法

好故事伴成长满足学生好奇心的50个智慧故事

智慧故事

从前，有一个国王由于日夜操劳国事，身体渐渐不支。想到自己将不久于人世，老国王决定从两个儿子中选一个做自己的继承人。但是两个儿子都很孝顺，选谁呢？

老国王想了很久，最后决定出一道测试题目，看看谁更聪明，就将王位传给谁。

一天，他把两个儿子叫到身边，说：“这里有两个没有底的木桶，谁能用它们到河边装满水回来，我就将王位传给谁！”

大儿子拿着木桶觉得非常好笑，没有底的木桶也能装满水？父王是不是老得神志不清了？简直是异想天开。于是他极不情愿地到河边去舀，可木桶每次端上来都是空的。

"这可怎么办呢？也许只有上帝才能做到。父王真会捉弄人！"大儿子不停地埋怨。他决定不再灌了，于是拿起那个没有底的空桶向父王禀报：“父王，经过我多次的实验证明，没有底的木桶是不能舀水的……”

正说着，二儿子一手堵住木桶底，一手护着木桶，托着满满一桶水走了回来。大儿子看得目瞪口呆。这样简单的办法我也会呀，但我怎么就没想到呢？国王意味深长地看看大儿子，又看看二儿子，露出了满意的笑容。

最后，国王说：“做任何一件事，当事情还不具备成功的条件时，总有两种人出现：一种人满腹牢骚；另一种人却没有条件，创造条件也要上，后一种人必定会取得成功。”

智慧小语

二儿子的办法看上去是那么普通，普通得令我们经常忽略。但这也算是一种办法，可是有时候，促成成功的因素恰恰就是这些被我们忽略掉的细节。不要小看那些不起眼的"笨"办法，其实有好多时候，正是"笨"办法助你走向成功。

1. 觉得正确就试着去做。当你发现自己的想法和别人不同时，不要盲从，而应按自己的想法去做，这样才能知道自己到底是不是正确的，就算答案是错误的，最起码给自己积累了经验。

2. 小事情也要积极去做，还要做好。不要因为是小事情，就觉得做了也没有什么大的用处。有些别人认为很小的、简单的事情，你觉得必须去做的时候，就要勇敢去做。

3. 要养成立即行动的习惯。百说不如一做，不要把所有的事情都推到明天去做。光说是没有用的，只有行动起来，才能真正解决问题。

4. 应该清除阻碍你行动的理由。如果你今天必须写完作业，就不要在乎是不是停电了，是不是中午没有休息好太困了等。

5. 不要拘泥于一种解决问题的办法。不要让自己的思维模式固定下来，养成从多方面解决问题的习惯，有时候看似很笨的办法，其实就是解决问题的最好的途径。

20 公鸡下蛋
——拒绝对方讲方式

智慧故事

秦朝时期，在一次朝堂上，秦王对满朝文武大臣说："我要吃公鸡下的蛋，限你们在三日之内交上来，到期不交者，重罚！"

宰相回到家后，绞尽脑汁地想办法。宰相有一个聪明的孙子，叫甘罗。他看到爷爷低着头，不停地在花园里走来走去，就问："爷爷，你在想什么呢？"

爷爷叹了口气，说："大王不知道听了谁的调唆，要吃公鸡下的蛋，满朝的官员都很为难。"

甘罗气愤地说："秦王也太不讲理了。"

爷爷不停地唉声叹气，甘罗则开动脑筋想办法。

停了几分钟，甘罗高兴地说："有了！"他把自己的想法讲给爷爷听，爷爷满意地点了点头。

第二天早朝时，甘罗替爷爷来到了朝堂上。他先恭恭敬敬地向秦王施了个礼。

"你这小孩子跑到这里干什么？你爷爷呢？"秦王很不高兴地责问。

甘罗理直气壮地回答："爷爷这几天来不了了，他在家生孩子。"

"简直是胡言乱语，男人怎么能生孩子呢？"秦王大怒。

甘罗趁机说："男人不能生孩子，那公鸡怎么能下蛋呢？"秦王无语。

1. 先说对方的意思，再转折回来说出自己的理由。这也是站在对方的立场上说话。比如对方想让你陪他去看电影，你不想去，这时你可以说："我们一起去看电影是很有意思的事，但是我必须去看望奶奶。改天我再请你去看吧。"

 好故事伴成长满足学生好奇心的50个智慧故事

2. 向后推延。"这件事我现在决定不了，让我再考虑几天吧。"你这样说，他应该会明白你的意思。

3. 用身体语言表示你的意思。大家都知道摇头的意思，如果你不想直接说"不"，那就摇头，或者摆手、皱眉、耸肩，这样对方就会知道你的意思了。

4. 先拒绝对方的要求，再提出可以帮其他的忙。"你说的这一点我帮不上忙，我可以在其他的方面来帮助你。"这样一来，对方还是会很感谢你的。

5. 在原则问题上要坚决说"不"。如果你还有很多作业没写，小伙伴来找你做游戏，你要坚决说"不"。同学借你的作业抄，你也要坚决说"不"。

智慧小语

拒绝，是一门学问。很多人都是当着对方的面说不出"不"字，但是答应以后又使自己为难，所以，我们都有必要掌握几种拒绝的技巧。聪明的甘罗是利用将错就错的否定方法，没有直接揭露秦王的荒诞，而是"顺杆儿上"，引出一个更为错误的结论，让秦王自己去攻破自己的观点。

21 唯一的保镖
——突破陈规向前进

 好故事伴成长满足学生好奇心的50个智慧故事

▮▮ 智慧故事

乔治是纽约的一个大富翁,他决定要招聘一名智勇双全的贴身保镖。总共有好几百人前来应聘,经过严格的测试,最后剩下10名应聘者。工作人员将他们带到一幢大楼里,进行最后的测试。

最后的测试由乔治亲自主持,他指着走廊一侧的10个房间对10名应聘者说:"现在,我要把你们分别锁在这10个房间里,每个房间门外有一个警卫。你们要想办法让警卫开门把你们放出来,谁先走出大楼,谁就可以通过测试,成为我的贴身保镖。但是,你们必须遵守以下的规定:第一,不能硬闯;第二,放出来以后,警卫不能跟着你。"乔治说完,就请他们依次进了不同的房间。

这10个人都在各自的房间里开始思索着脱身的办法,有的人跟警卫说好话;有的人想要贿赂警卫;有的人甚至威胁警卫。但是,这些话都不奏效。一个小时过去了,没有一个人能从房间里走出来。

乔治看了看手表,不免露出了遗憾的神情。

正在这时,2号房间的弗兰克大声地叫喊起来:"放我出去!我不参加测试了,真让人受不了。快点,我要回家。"

警卫听了,只得打开门让他走出来。弗兰克怒气冲冲地走出房间,向大楼外面走去。他沿着人行道走了一段路后,回头看了看,发现没有人跟踪,便又飞快地返回了大厅。

弗兰克跑回来对乔治说:"先生,我走出了大门,并且没有人跟着我!"

乔治握住他的手说:"恭喜你!我很高兴你通过了测试。不过,从今天起,你就不能离开我了。"

智慧小语

这个测试只有两个规定：一是不能硬闯；二是警卫不能跟着。但是最后只有弗兰克通过了测试。因为其他人受到了常规的局限，没想过弃权也可以是一种方法。而弗兰克能够突破一般的思维方式，做出出人意料的举动，这才是他成功的最重要原因，也是他独特的智慧所在。

1. 养成全面看问题的习惯。任何事情都有它的两面性甚至多面性，那么我们在思考问题的时候就不能只看到它的一个方面，而忽视其他方面，比如鸡蛋既可以当做食物，又可以用来孵小鸡。如果我们只知道它能吃，那就太片面了，所以我们看问题要全面。

2. 培养自己的逆向思维。很多事情看似很难解决，可是只要我们稍微换个思维角度，就会发现它其实很简单，关键就在于打破一贯的思维定式。比如我们习惯于沿着顺时针的方向开门，所以就打不开需要沿逆时针方向开的门，只要我们向相反的方向拧钥匙，门自然就开了。所以逆向思维真的很重要。

3. 勇敢地追求真理。学习、生活中，我们都要坚持对于真理的追求。对任何事情都要大胆地去怀疑，因为没有绝对正确、完美的人和事，所以只要我们发现有错误，就要勇敢地指出来。比如发现妈妈用错了词语，要及时地给妈妈指出，这样不但纠正了妈妈的错误，也让自己所学的知识得到了运用。

22 八斗才子写门联
—— 戒骄戒躁，再接再厉

智慧故事

据说，北宋时期的大文学家苏东坡，小时候就已经是才华横溢、人人称赞的八斗才子了。

有一次苏东坡心血来潮，想展现自己的才华，于是准备了文房四宝，写下一对门联。

右边的门联写着"识遍天下字"。

左边的门联写着"读尽人间书"。

这对门联被父亲苏洵看见了，不禁担心起这个原本前途光明的孩子，认为他一定会败在自满自傲不求长进上。可是，如果就这样动手撕下门联，又会伤害孩子的自尊心。面对这两难的局面，究竟该如何是好呢？

苏洵想了一会儿，便动手在门联上添了四个字。

右边的门联变成了"发愤识遍天下字"。

左边的门联变成了"立志读尽人间书"。

苏东坡回房时，看见这副门联，明白了父亲对自己的期望，渐渐改掉了骄傲自大的毛病，虚心求教，实事求是，日后终于取得了超凡的成就。

智慧小语

老师经常教导我们：有了成绩要再接再厉，不能骄傲自满。苏东坡小时候也很骄傲，幸运的是他有一位聪明理智的父亲。父亲看见他那对口气张狂的门联，并没有直接责怪他，而是动笔添了几个字，用委婉的方式告诉了他要戒骄戒躁，从而避免了伤害他的自尊心。原来在亲人的教诲中，也隐藏着这么大的智慧啊！

1. 有了成绩，不骄傲。生活中、学习中你会遇到很多值得骄傲的事情，比如考试取得了好成绩，或者是帮助别人受到了表扬，面对这些成绩，你一定不能骄傲，因为骄傲会使人退步，只有虚心才能使人取得更大的进步。

2. 遇到失败，不灰心。小小的失败，算不了什么，只能说明你在某个方面做得还不够好，还需要加倍努力。只要你能从失败中总结出教训，避免下一次再犯同样的错误，那么相信下一次成功的就是你！

3. 做任何事情都要有耐心。在做一件事情的时候，不能急于求成，为了迅速取得成绩而毛毛糙糙的，这种浮躁的心理不但帮不了你，反而会成为你的拦路虎，让你离目标越来越远。

23 巨额奖金的得主
——转换角度思考问题

好故事伴成长满足学生好奇心的50个智慧故事

智慧故事

英国一家报纸举办一项高额奖金的有奖征答活动。题目是：在一个充气不足的热气球上，载着三位关系人类兴亡的科学家，热气球即将坠毁，必须丢下一个人减轻载重，该丢出哪个科学家呢？

三个人中，一位是环保专家，他的研究可扭转无数生命因环境污染而身陷死亡的噩运；一位是原子专家，他有能力防止全球性的原子战争，使地球免遭毁灭；另一位是粮食专家，他能够使不毛之地长出谷物，让数以亿计的人脱离饥饿。

奖金丰厚，应答信件的内容众说不一。最后，巨额奖金的得主却是一个小男孩，小男孩的答案是——把最胖的科学家丢出去。

智慧小语

有时，复杂的不是问题，而是看问题的角度。当我们用习惯性的定向思维去考虑一些问题时，可能很难找到解决的办法，而换一种角度去考虑，或许就会"柳暗花明又一村"了。就像这个小男孩一样，从最简单的角度出发，就能想出一个很妥当的办法。

做一做

1. 不要把简单的问题复杂化。其实有很多题目用最基本的知识就可以解决,它的存在就是为了考察我们对知识点的掌握,可是有很多人越是遇到简单的题目就越是不会做,原因是他根本没想到会这么简单,于是就把原本很简单的东西想得很复杂,到最后钻到牛角尖里出不来。

2. 学会灵活变通。很多事情不止有一种解决方法,可是我们一遇到事情往往就用最常规的方法去思考、去解决,到最后虽然把事情办好了,可是却白白浪费了人力、物力。其实,只要我们善于寻找捷径,灵活变通,一定能达到事半功倍的效果。正如用电磁炉做饭和用煤球炉做饭一样,前者与后者相比不仅节省了时间,而且节约了能量,并且还减少了空气污染。

3. 遇事多问几个为什么。有时候,一件事情的发生,并不是只有一个原因,很可能是一系列原因相互影响、相互作用的结果,所以如果我们只知道一个原因,而忽视其他的原因,那么就不能很好地把握事情。因此,我们一定要多问几个为什么,找出事情的所有原因,对事情有个全面的认识。

4. 为一道题找出各不相同的答案。其实,一道题目往往会有不同的答案,我们在回答问题时,要将所有的答案都考虑到,尽管只写下一种,但其他的也要知道,这样才能让我们的知识面越来越宽。

学爸爸"骗"爸爸
—— "骗"父母同享福

智慧故事

　　今天是星期日，一大早爸爸给我做了一顿丰盛的早餐，有蛋、肉、参汤，还有油炸豆腐。我吃得津津有味，可爸爸只吃了几块油炸豆腐，喝了几口汤，就不吃了。我要爸爸再喝几口汤，爸爸说："我不爱喝汤。"

　　我想：每个星期日爸爸都是这样，爸爸的口味好特殊，我爱吃的他偏不爱吃，我不爱吃的他偏爱吃。噢！我有点明白其中的奥妙了。

　　中午吃饭时，爸爸又特地烧了我爱吃的板栗烧鸡。我尝了一小块鸡，觉得挺好吃。我好想再吃几口，可是如果我爱吃，爸爸就一定不会再吃了。我想了想，有啦！就故意装作不高兴地对爸爸说："老爸，你今天烧的菜怎么没味儿呀？"爸爸笑眯眯地说："不会吧！"我又说："那你就尝一口。"爸爸尝了尝说："不是挺有味儿吗？"我撒娇地说："就是没味儿，你再尝一尝！"爸爸只好又尝了几口，这才悟出我的用意。

　　我甜甜地笑了，爸爸也笑了，我看着爸爸的笑脸笑得更甜、更灿烂了。

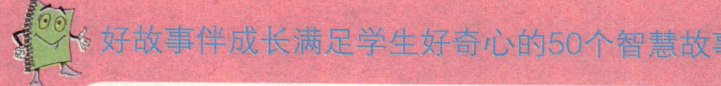
好故事伴成长满足学生好奇心的50个智慧故事

智慧小语

这位小朋友真是个懂事的好孩子,为了让爸爸也吃到美味的菜,他想出了这样一个好办法。虽然情节很简单,但也足以看出他与爸爸之间深深的爱。如果你也遇到了这样的情况,你会想到用这样的办法让爸爸品尝到他烧的美味可口的菜吗?还是有更好的办法来报答爸爸对你的关爱?

1. 巧妙地运用撒娇。爸爸妈妈每天都很辛苦,在外工作了一天,回到家里还要做家务,这时就需要我们运用自己的智慧来减轻他们的压力,比如从他们手里抢走家务,撒娇说自己想锻炼一下;或者多说一些让父母高兴的话,让他们身心放松。

2. 做一个让父母省心的孩子。爸爸妈妈起早贪黑地工作,为的是养家糊口,能让我们生活得更好,作为孩子,我们不能再给本来已经很疲惫的父母添乱。每天放学后,应赶紧回家,早早地写完作业,不要长时间地看电视,每天要按时作息。

3. 自己的事情自己做。从小养成良好的动手能力,不能衣来伸手,饭来张口。衣服穿脏了,就自己洗;扣子掉了,就自己缝。碰上比较难办的事情,也要在爸爸妈妈的指导下自己完成。千万不能养成依赖的习惯。

25 最有价值的小金人
—— 虚心听取他人建议

好故事伴成长满足学生好奇心的50个智慧故事

智慧故事

一天,有个小国的使者来到中国,向皇帝进贡了三个一模一样的小金人。小金人金光灿灿,把皇帝的大殿映照得金碧辉煌,这可把皇帝给高兴坏了。

但这个小国的使者却故意刁难,出了一道很奇怪的题目:这三个小金人哪个最有价值?皇帝把珠宝匠请了过来,可无论是做检查,还是称重量,它们都是一模一样的,根本就没有区别,这可怎么判断出价值的高低呢?皇帝又问了很多大臣和民间的智者,大家都不知道这个问题怎么回答,皇帝束手无策了。

怎么办?使者还等着回去汇报呢!泱泱大国,不会连这件小事都不懂吧?皇帝和大臣们都很着急。终于,有一位老臣站了出来,说他有办法。皇帝将使者请到大殿,老臣胸有成竹地拿着三根稻草,把它们分别插入三个小金人的耳朵里。第一个小金人耳朵里的稻草从另一边的耳朵出来了,第二个小金人耳朵里的稻草从嘴巴里出来了,而第三个小金人,稻草从耳朵里进去后掉进了肚子,悄无声息,什么动静也没有。老臣说:"第三个小金人最有价值!"

使者默默无语,点头称赞老臣答对了。

1. 要学会取长补短。其实,每个人都有他自身的闪光点和缺点,我们要学会吸取别人的长处,来弥补自己的不足,也要善于发现他人的缺点,从中吸取教训,让这些缺点不要再出现在自己身上。

2. 克服心理障碍,不耻下问。有很多时候,我们都有心理障碍,认为向别人请教是一件很丢脸的事情,就等于是向别人承认自己不如人家，所以我们遇到了困难，也不愿向人请教；还有的时候是我们看不起别人，认为自己不懂的东西，别人也不懂，所以更不会向别人请教。但是，我们应该记住：三人行必有我师。每个人都有可能成为别人的老师，只有克服了自己的心理障碍，我们才能获得更多的知识。

3. 要学会抓住问题的关键。许多事情我们不是干不好，而是我们从一开始就没有抓住重点，而在那里蒙着头瞎做，到最后往往偏离了中心，而适得其反。所以我们在做事情时，不要急于求成，一定要事先考虑清楚，找到牛鼻子，才能牵着牛朝自己的目标前进。比如，我们在做一道数学题时，如果方法不对，即使再努力，到最后还是没有正确答案；可是，如果我们一开始就用对了方法，找到了题眼，那么接下来就很容易了。

智慧小语

故事中老臣的答案你满意吗？假如让你来选择，你认为哪个小金人最有价值呢？其实，故事给了我们这样一个启示：一个人，只有做到谦虚，才能吸收更多的有利于自身发展的知识；而如果自以为是，不听取他人的意见，则很难再有什么进步了，甚至还可能倒退。所以，能虚心接受他人的意见或建议，就是一种成长的智慧。你说对吗？

26 诸葛田取巧银环
——培养自力更生的能力

智慧故事

从前，有个财主叫贾善仁，他对长工非常刻薄、狠毒。长工们吃尽了苦头，谁也不愿再给他干活。贾善仁为了让长工们给他多干活，绞尽脑汁想办法。

诸葛田也是贾善仁的长工，他是个勤劳聪明的人。这天，财主拿出7个连在一起的无缝银环，指了指这串亮闪闪的东西对长工们说："谁给我干活，每个月就可以从这串银环里拿走一个。但我有个条件，干一个月后拿一个环，在这个环链上只能用斧头剁开一条缝。"

长工们都知道财主想以此来坑骗他们，所以都走开了。诸葛田转了转眼珠，然后对财主说他愿意，于是便和财主立下了字据。

贾善仁露出得意的笑容，他想："字据上写了'剁开一条缝'，你至多也就只能拿走一个环，剩下的六个环连在一起，你只能干瞪眼，就是拿不走，还得乖乖地给我白干六个月！"

转眼一个月到了，诸葛田用斧子在第三个银环上剁了一道缝，把它取走了。剩下的是一串两个环的，一串四个环的。

待干完第二个月，诸葛田用上次拿走的那个银环，换了那两个串在一起的银环。

干完第三个月时，诸葛田又拿走了上个月放回的那个银环。

第四个月，诸葛田再用两个银环和一个银环换走了那连成一串的四个银环。

第五个月，诸葛田又来把那一个银环拿走。

第六个月，诸葛田重又用那一个银环换回了两个银环。

第七个月，诸葛田拿走了最后一个银环，也就是剁过一条缝的那个银环。

贾善仁眼睁睁地看着诸葛田把银环全都拿走了，气得发晕，却又一点办法没有。聪明的诸葛田用智慧换回了劳动应得的报酬！

好故事伴成长满足学生好奇心的50个智慧故事

智慧小语

并不是困难的事情就没有办法解决。诸葛田开动脑筋,将原本不可能的事情用巧妙的方法解决,才得到了自己应得的工钱。假如他没有聪明的头脑,那么就只能被财主白白剥削。所以说智慧是自力更生的根本,是我们为自己争取美好生活的有力武器。

在家里,爸爸妈妈往往会娇惯我们,这不让干,那不让摸,把我们当成小皇帝一样供奉起来,爸爸妈妈的做法看似在疼爱我们,其实这是溺爱,会在无形中扼杀我们的自立能力。培养自立能力,需要学会生活上的自理和精神上的自立。

1. 主动学做一些简单的饭菜,即使爸爸妈妈不在家,也不让他们担心。

2. 整理物品,收拾房间。刚开始可以让妈妈教你怎么做,以后按照妈妈的方法来收拾,其实一点儿都不难。

3. 自己的事情自己拿主意。比如你在计划星期天做什么时,爸爸妈妈给你提的都只是建议,究竟怎么安排还需要自己拿主意。如果爸爸妈妈每次都是命令你做什么,你可以给他们讲道理,给自己争取自立的权利。

27 赞赏的魔力
——赞美带来自信

好故事伴成长满足学生好奇心的50个智慧故事

智慧故事

日本著名教育家铃木找到了教孩子学习说话和走路的最佳教育方法后，每年能培养700个与莫扎特同样水平的小神童。一下子，他在日本成了家喻户晓的人物。

一天，一位年轻的母亲千方百计地找到铃木，跟他说："你认为所有的孩子都是小提琴家，而我的孩子已经练了几年了，也没有什么长进，你若能把他教好，我就服了你。"

铃木跟着那位母亲到了她家，那孩子只有五六岁。

母亲让孩子把小提琴拿出来，演奏一段给铃木听。小男孩一看是铃木大师来了，心中发慌，吱吱呀呀拉了一段，比青蛙叫好不到哪里，还不如平常的水平。

这时，母亲拉长了脸。

谁知铃木却像发现了新大陆似的，一把搂住孩子说："你拉得太好了，太动听了，再拉一段给我听听。"

孩子激动得脸都红了，接着又拉了一段，比第一段好一些。

母亲在一边看得目瞪口呆。

拉完了，铃木又是鼓掌又是表扬。等铃木走的时候，孩子已完全沉浸在小提琴神童的感觉里了。送铃木走的时候母亲说："铃木先生，我真的不懂，你怎么能在孩子面前说假话呢？明明我儿子拉得那么难听，你还夸奖他？"

铃木回答道："你要知道你孩子的心灵已经受伤了，我是在治他的心病。你有没有发现，我第一次夸奖他时，他的眼睛一亮，这说明孩子受到了震动，心灵开始转变了，感觉也就找到了。"

后来，铃木专门辅导这个孩子。不到两年，这个孩子就举办了独奏音乐会。

智慧小语

相信每一个人都喜欢被夸奖，小朋友们可以自己想一下，是不是受了表扬之后，自信心会增加不少？其实，适当的鼓励和赞扬也是一种智慧，一种激发我们勇往直前的智慧。当我们遇到困难驻足不前的时候，即使是自己给自己的鼓励，也可以给我们很多信心和希望。

对于别人的优点要勇于承认，不要觉得不好意思。千万别吝啬赞美的词汇，"真棒！"、"很好"……大声说出你的感受。平时，我们可以多说这样的话：
1. 你做得真好，我真佩服你！
2. 你画的画真漂亮！
3. 你这身衣服搭配得真好！
4. 哇，你竟然考了这么高的分数，真棒！我要向你学习！
5. 哦！你的表演实在太精彩了！
6. 你能得奖真棒，祝贺你！

28 牧童智除大灰狼
——用智慧战胜敌人

智慧故事

　　山上有条大灰狼，又凶残又贪婪，经常咬死村里的绵羊，可人们对它一点办法也没有，只能把自己家的羊圈围得很高。

　　有两个小牧童决心除掉这条恶狼。他们在山上找到了狼窝。趁大灰狼外出觅食的时候，他们偷偷摸进洞里，抱出两只小狼崽。在狼洞附近，他们找到两棵相隔十来步远的大树，便一人抱着一只小狼爬到树上。

　　过了一阵，大灰狼觅食回来了。到了洞穴里，发现小狼崽不见了，就慌慌张张地窜出洞口四处张望。

　　这时，一个牧童狠狠扭着一只小狼崽的耳朵，小狼嗷嗷尖叫着。大灰狼闻声仰望，看到自己的孩子在树上，立刻怒吼个不停，它疯狂地扑到树下，后腿站起，又爬又抓。正在它焦急的时候，只见另一个牧童也将怀里的小狼崽捏得嗷嗷怪叫，大灰狼又发疯一般朝那边奔去，在树下又扑又跳。这边的小狼崽又叫起来，大灰狼又朝这边扑去……就这样大灰狼在两棵树之间凄厉地号叫着，奔来奔去，一刻也不停息。

　　渐渐地，大灰狼越跑越慢，叫声也越来越弱。它爬着，挣扎着，最后一头扎在地上起不来了。牧童等了一阵，溜下树来一看，哈哈，大灰狼已经断气啦。

　　1. 养成勤于动脑的好习惯。学习中，我们会遇到很多难题，千万不要一遇到难题就求助于老师或者同学，一定要养成独立思考的好习惯，运用自己所学的知识，对难题进行积极的思考，这样不但能把问题想明白，还能养成自己多动脑筋的好

习惯。俗话说：脑子越用越灵活，时间久了，你就会发现自己越来越聪明哦！

2. 用自己的智慧去解决生活中的困难。其实，在生活中，也需要我们充分发挥自己的聪明才智。用智慧去解决自己遇到的困难，去帮助别人解除困难，做一些对人对己都有益的事情。

3. 培养正确的是非观念。有许多事情都不是我们一眼就能分清好坏的，这时就需要我们能够深入分析事情的前因后果，找出事情的根源，将是非辨明，然后再做出具体的行动。对人也是一样，当我们遇到陌生人时，千万不能因为他对你很好，就认为他是好人，从而放松了警惕。

智慧小语

对待凶恶的敌人，我们一定要开动脑筋，想一个好的办法对付他。就像故事中的那两个小牧童，虽然他们的年龄还很小，但已经有足够的勇气和智谋去对付大灰狼了。他们的办法是多么的精妙啊，几乎不费吹灰之力便将大灰狼累死在树下，为人们除掉了一个心腹大患。这个故事告诉我们：敌人并不可怕，只要我们勤动脑筋，一定可以想出对付敌人的好办法，从而更好地保护自己，造福他人。

智躲强盗
——先发制人

好故事伴成长满足学生好奇心的50个智慧故事

智慧故事

有一次,美国著名心理学家福·汤姆逊外出。当时天色已经很晚了,他的旧大衣内装着2 000美元。

没走多远,突然他发现身后有个戴鸭舌帽的彪形大汉紧紧尾随着他,而且无论如何也甩不掉这个"尾巴",他担心遇到了强盗。

汤姆逊走着走着,突然转身朝大汉走去,用祈求的语气对大汉说:"先生,我求求您发发慈悲,给我几角钱吧!我饿得有点发昏,路都快走不动了!"

大汉一愣,仔细打量着他的旧大衣,嘟囔着说:"真是倒霉,我还以为你口袋里有几百美元呢!"说着,他从口袋里摸出点零钱扔给汤姆逊,失望地走了。

智慧小语

要想避免某个灾祸,就要随机应变,开动脑筋想出一个万全之策,这样才会化险为夷。汤姆逊料到大汉是个强盗,因此"先发制人",让大汉以为他没有钱,从而避免了钱财被抢,这就是智慧的力量。

先发制人用在我们的生活中,就是要提前做好准备,有目的的应对将要发生的事情。

1. 做错事以后,为了不让家长发现,我们经常是遮遮掩掩。一旦家长发现,我们就心惊胆战地等着挨批。与其这样,不如提前向家长承认错误,只要态度认真,家长是不会再生气的。

2. 对弈时,尤其注重先发制人的战略,不管是象棋、跳棋、围棋、军棋,每走一步,都要预测到对手的下一步,只有具备先发制人的眼光,破坏对手的计划,才能更胜一筹。

3. 主动向朋友微笑、打招呼,你会获得意想不到的好人缘。俗语说:"抬手不打笑脸人",即使是正和你生气的朋友,只要你先向他微笑,他的火气也会顿时消去一大半。

30 巧断黄金案
——身心放松吐真言

智慧故事

一次,有两个人上法庭打官司。其中一人说另一人欠他很多黄金,另一人硬是不承认,坚持说:"我是第一次见到他,从来没有向他借过金子。"

"你要他还的黄金,当时是在什么地方借给他的?"法官问原告。

"在离城不远的一棵树下。"原告说。

"你再去一趟,把那棵树上的叶子带两片回来,我要把它们当做见证人来审问,树叶将会告诉我实情。"法官提出这样一个奇怪的建议。

原告便动身去摘树叶,至于那个大喊冤枉的被告则留在法庭上。法官没有和他谈话而是转过头审理别的案子。这位被告在一旁无所事事,于是津津有味地看法官审案。正当一个案子审到高潮时,法官突然回过头来轻声问他:"依你看,他现在走到那棵树了没有?"

"依我看,还有一段路呢。"

"既然你没跟他去过那儿,你怎么会知道还有一段路呢?"法官立刻抓住被告露出的尾巴质问道。

被告这才知道自己露了馅,不得不承认自己是在诈骗对方。

好故事伴成长满足学生好奇心的50个智慧故事

智慧小语

法官在断案的时候,并没有仅仅采取一般的询问方法,而是转移了人们的注意力,然后突然问被告,使他自己把破绽暴露出来。这真是一个聪明的好办法啊!从这个故事中我们能够知道:人在放松的时候会降低戒备,也容易不假思索地说出真话,这有时能帮我们了解一个人的真实想法。

1. 如果有人对你撒谎,可以先假装自己已经不介意了,转移他的注意力,过一段时间,等他完全放松时,突然提出相关问题,让他回答,这时他很难自圆其说,谎言很快就会被戳穿。

2. 对别人撒谎后,或许你暂时得到了一些好处,但是你的内心每分每秒都会受到良心的谴责。撒谎后,你需要时刻警惕着,怕一不小心就会把真话说出来。与其一直担心着,不如把实话说出来吧。相信你的坦白会换来大家的宽容,连法律上都有"坦白从宽"的惯例呢。

31 左宗棠下棋
——有长远的打算

好故事伴成长满足学生好奇心的50个智慧故事

智慧故事

晚清重臣左宗棠十分喜欢下象棋，而且棋艺超群，一般人是赢不了他的。

再过两天，左宗棠就要带领大军远征新疆了。这次离开京城一去就是两三年，于是他着一身便服到街上走走，看到一个老人正摆着棋局，身后立一招牌，上书："天下第一棋手"。他觉得此人太过狂妄，立即上前挑战，哪知道老人招招不敌，连连败阵。左宗棠洋洋得意，命老人收起那块招牌，不要再丢人现眼。

两年后，左宗棠平乱归来。见老人居然还把牌子立在那里，心里很不高兴。他便又去跟老人较量，可这一回竟然连战连败，毫无还手之力。左宗棠不服气，第二天再去，仍然被杀得落花流水。他很惊讶老人的棋艺为何比两年前要高超许多。

老人笑着说："两年前，你虽着微服，但我一看就知道你乃左公也，你即将远征，因此让你赢我，好使你有信心立大功。如今你已胜利凯旋，我就不用再客气了。"

左宗棠听了老人的话之后心服口服。

智慧小语

试想一下,如果老人在左宗棠出征前就将他打得落花流水,他的信心势必要受到很大的打击,这显然不利于远征平乱。所以说,老人是一名智者,不拘泥于个人眼前的声誉,而是着眼于国家的大局。我们也应该像那位老人一样,要有长远的想法,这样才能取得更大的进步。

1. 不要卖弄知识,将知识用到该用的地方。有时候,我们刚刚学会了一点知识,就急于想让别人知道,让别人觉得自己很了不起。如果这样,那你就错了,知识只有用到该用的地方,才算是真正学会了知识。

2. 要学会顾全大局。生活中,有时我们必须要牺牲自己的一部分利益,去保全集体的利益,因为只有集体利益得到了保全,我们个人的利益才能更好地实现。比如,集体大扫除虽然耽误了你玩耍的时间,可是它却给了你一次劳动的机会,更重要的是,它能让你在干净的环境里更好地学习。

3. 努力做一个有风度的人。或许有些事情、有些人会伤害到你,或者给你带来不快,这种时候,我们千万要稳住自己的性子,不让自己冲动,因为冲动只能让事情变得更糟。但是,如果你能静下心来,仔细想一想,就会发现其实没有什么大不了的,只要你能保持一颗宽容的心,任何事情都能朝着好的一面转变的。

32 浮力定律和金鱼
——尽信书不如无书

智慧故事

诺贝尔奖获得者绮瑞娜是居里夫人的女儿,她从小就很聪明。

有一天,英国物理学家郎之万给她和其他科学家的孩子们上课,讲述阿基米得在澡堂里发现的浮力定律,他讲得深入浅出,孩子们都被吸引住了。于是,他给孩子们提出了一个问题:根据阿基米得定律,物体浸入水中的体积一定等于排除水的体积。但是,如果在水中放入一条金鱼,它却不会排出相应体积的水,这是为什么呢?

孩子们一个个皱起了眉头,认真地思考了起来。有的说,金鱼有鳞片,它有着特殊的结构,因此,防止了水的排出;有的说,金鱼的身体有伸缩性,它到了水里会收缩身体,所以,水就不会排出;还有个孩子说,阿基米得定律只适用于非生物,不适用于生物。孩子们一个个抢着回答,提出了许多个假设。朗之万见孩子们思维很活跃,心里十分高兴。

绮瑞娜也在思考着。金鱼真的不会排开水吗?难道是因为它的身体会收缩?如果是一条大鱼,它也不会排开水吗?她开始怀疑老师的问题是不是出错了。她决定亲自做个实验来验证一下。她找来一个量筒,倒进一半的水,记下刻度,然后,再捉一条金鱼放进量筒里,哈,鱼一放进去,水面就上升了一大截。原来,金鱼和王冠一样,都会排开水。孩子们一个个向老师提出了抗议,责怪老师不该出错问题,害得他们白白地浪费许多的脑力和时间。

朗之万哈哈大笑,其实他是有意出这个错问题的,想让孩子们自己从错误的迷宫中找出一条正确的道路来。

只有绮瑞娜不盲目地跟从老师,正是因为她有了这种科学的思维方法和敢于怀疑的精神,才使她后来发现了人工放射性,并获得了诺贝尔奖金。

好故事伴成长满足学生好奇心的50个智慧故事

智慧小语

要为一个问题寻找答案，我们必须先证明这个问题是正确的。就是因为绮瑞娜有这种敢于怀疑、勇于实践的精神，才能够推翻老师的问题找出正确的答案，才能够获得诺贝尔奖。小朋友们要知道：实践是检验一切的最好标准。

1. 培养创新意识。创新，是当今世界发展要求每位小朋友具备的素质。我们可以从做游戏开始培养创新意识，在游戏中不断寻求新花样，然后在解题过程中寻找新思路。

2. 不迷信书本，不迷信权威。只有今天敢于质疑、敢于批判，明天才能不墨守成规，善于创新。

3. 往往生活中的知识才是真理，书本上的很多知识都是从生活中提炼出来的。所以我们在学习书本知识的同时，更应该用心观察生活、体味生活，从身边汲取真实而且丰富的知识。

聪明的农民
—— 授之以鱼不如授之以渔

好故事伴成长满足学生好奇心的50个智慧故事

智慧故事

　　古时候,有位智者,点什么东西都能成金。一次,他得了重病,倒在一家农舍前,这家农民救了他。为表谢意,智者把这位农民家里的东西都点成了金的,连房子也成了金屋。

　　然而,这位农民却要求智者把他家所有的东西重新恢复到原来的样子,他说:"这么多的金子不是福,而是祸。金子多了强盗必然会谋财害命,儿女们也会因为钱而懒惰,坐吃山空,没有本事,这等于把他们害了。我只想求你教我一点儿点金术,当家里揭不开锅或看到别人没饭吃的时候,就点一点儿……"

　　智者一听,欣然把点金术传授给了这位农民。

　　其实,这位农民才是一位智者。

智慧小语

故事中的农民究竟是聪明还是傻呢?假如你也遇上这样一个会点金术的人,你是愿意让他把你所有的东西都变成金子还是愿意学到他的点金之术?贪心是灾祸的根源,知足者才能常乐。人生的智慧就是这样,一点一滴,看似简单,其实蕴涵着深刻的哲理。

1. 把自己的知识和经验讲给同学们。当同学向你请教问题时,你不能只告诉他答案,而应该把解题的思路告诉他。在给同学讲解问题时,你的知识不会减少,反而会记得更加牢固,或者还会因此找到更好的思路呢。

2. 和别人谈论开心的事情。当你遇到开心的事情,在课间或放学的时候,不妨与同学们一起谈论一番,大家共同欢笑,不仅解除了学习的紧张感,还增加了友谊。

34 小儿郎卖古画
——细心观察辨真假

智慧故事

米芾是北宋著名的书画家。

一天,他在大街上看见一个小孩在卖古画,那是一幅唐代画牛大师戴嵩的《牧牛图》。米芾惊喜万分,他知道这幅《牧牛图》是传世珍品,价值连城,自己买不起,便决定设法将画弄到手。他对卖画的小孩说:"小二郎,这画能让我带回去仔细看两天吗?如果是真的我就买了;要不是,我就还给你!"小二郎见他是大名人,便同意了。

米芾把《牧牛图》带回家,不分日夜,精心仿制了一幅。几个有名的大画家看了,也辨不出真假。第三天晚上,小二郎来到米芾家中。米芾把仿制品交给他,说:"这画怕不是真的,你拿回去吧!"小二郎看也不看,接过画就走。米芾好不得意,立即将原画挂在床头,好天天欣赏。

谁知第二天一早,小二郎就跑来了,指着米芾床头那幅古画,质问米芾为何要用赝品骗他。米芾硬着头皮,问他凭什么说还给他的是赝品。小二郎把仿制品也挂上床头,说:"真的《牧牛图》,牛眼里若隐若现有个童子的影子,而你的这幅哪有呀?"米芾仔细一瞧,惊呆了,古画中的牛眼里果真有个童子的影子,他只好面红耳赤地将古画还给了小二郎。小二郎还说:"这幅画我仔细看了一年,发现了好几处秘密,谁也别想骗过我。"

  观察能力直接影响到写作水平和表达能力,所以我们要热爱生活,热爱大自然,养成良好的观察习惯。下面是几条如何培养观察能力的建议。

  1. 观察事物时,要抓住事物的特征。比如观察一个字,观察能力强的人很快地把寓于生字中的熟悉部首看出来,或把形近字、音近字之间的细微差别区分清楚。

  2. 根据观察的事物想象出同类或相似的事物。每件事物都有很多相关或相似的事物，当你观察出一件事物的特点或规律时，可以想象同类其他事物的特点，培养举一反三的能力。

  3. 实际观察时要有序地进行。观察景物和静物时，可以从上到下，或由远及近，或从主到次，或从大到小，或逆向观察；观察人物、动物时，要从头到脚，由点到面，由表及里；观察自然现象和运动景物时，采用发生前、发生中、发生后的方法，弄清事物的变化和联系。

  4. 观察时不仅要用眼睛看形态，用耳朵听声响，用鼻子闻气味，用手摸质地，用嘴尝味道，同时还要用心想道理。对不懂或不够了解的内容，要向他人请教或查字典及有关书刊资料，使所观察的事物在头脑中留下全面、具体、活生生的立体印象。

智慧小语

  米芾虽然是个大书画家，但是他一时贪心就耍小聪明、动歪脑筋想将小二郎的画占为己有。但是小二郎呢？他虽然还是一个孩子，却非常聪明，能够对这幅《牧牛图》观察入微，凭借一些不容易注意到的细节辨别真伪。最后能把米芾偷偷换画的行为揭穿，小二郎不仅给了他教训，也告诉了我们只有智慧才能战胜阴谋诡计的道理。

35 曹冲称象
——细心观察生活中的智慧

好故事伴成长满足学生好奇心的50个智慧故事

智慧故事

东汉末年，献帝无能，大权逐渐落入曹操手里。由于曹操战绩显著，从一开始的将军升任丞相，后来又封为魏公，到最后献帝封曹操为魏王，人称九千岁，地位仅次于献帝一人。

东吴的孙权害怕有朝一日曹操率兵攻打他，以报火烧赤壁之仇，于是就臣服了曹操。

为讨好曹操，孙权送给曹操一头大象。由于这种动物只有在南方的热带地区才能见到，中原一带的人从来没有见过这样的庞然大物，所以曹操感到非常稀奇。

曹操很想知道这头大象究竟有多重，可是当时没有称这种重量的大秤，怎么办呢？曹操召集文武百官共同商议，但众人绞尽脑汁也想不出任何办法。

这时，曹操6岁的小儿子曹冲从人群中钻了出来，对曹操说："父王要称这头大象的重量，这有什么难的？先把大象牵到木船上，水在船帮上淹到哪里就在哪里刻个标记，然后把象牵走，抬石头到船上，直到水可以压到刚才的标记，再把石头一块一块过秤，最后加到一起不就可以算出大象的重量了吗？"

曹操听罢，喜出望外，连忙命人照着儿子说的办法做。

智慧小语

6岁的小曹冲就有这样的智慧，不得不令人佩服。其实，好多智慧都来自于对生活细致入微的观察，当你用心去观察体会身边的事物时，一定也可以发现好多的奥妙，说不定这些奥妙哪天就能帮你解决困难呢。学会观察生活吧，你会从中悟出好多智慧。

1. 留心观察身边的事物。虽然我们每天重复着同样的事情，比如坐公交车上学、上课、放学、回家，我们也总是感觉身边的事物是一成不变的，其实，世界一直在变化着。如果你感觉不到小的变化，那就抓住一些大变化来观察吧。"处处留心皆学问。"

2. 通过有序观察，抓住事物的特点。每件事物都有其本身的特点，这就要求我们在观察时努力发现与众不同之处。观察事物，要观其景、闻其声、品其味，还要用心思考，对所观察的事物进行分析比较，从而捕捉事物的特点。

3. 根据观察的事物想象出同类或相似的事物。每件事物都有很多与它相关或相似的事物，当你观察出一件事物的特点或规律后，可以想象其他同类事物的特点，培养举一反三的能力。

4. 把看到的和想到的随时记下来。如果当时看到或想到了什么道理或问题，而手边没有笔和本时，回到家里就赶快记下来，然后找爸爸妈妈或老师来讨论这些话题。这些记录可是宝贵的财富啊！

36 不理县官的老农
——尊重他人就是尊重自己

智慧故事

有个县官带着几个随从骑着马到王庄去处理公务,走到一个岔道口时,却不知应朝哪个方向走了。

正巧一个老农夫扛着锄头走来,县官在马上大声问老农夫:"喂,老头,我问问你,到王庄怎么走?"

那老农夫头也不回,只顾赶路。

县官大声吼道:"喂!老头,你是聋子吗?我在问你话呢!"

老农夫停下来说:"我没有时间回答你,我要去李庄看件稀奇事!"

"什么稀奇事?"

"李庄有匹马下了头牛。"老农夫一字一板地说。

"怎么能有这样的事?马怎么可能下牛呢?"县官疑惑地问。

老农夫认真地回答道:"世界之大,无奇不有,我怎么知道那畜生为什么不下马呢?"

好故事伴成长满足学生好奇心的50个智慧故事

智慧小语

老农夫的这句"我怎么知道那畜生为什么不下马呢？"在修辞手法上叫"双关"，即一句话里含有两个意思，一个是表面的，一个是深层的。老农夫就是用这种高超的语言技巧将那个无礼的县官狠狠地奚落了一番，让他知道不尊重别人的人，同样也得不到别人的尊重。

1. 要学会尊重他人。从小懂得尊重他人，会让你成为一个很有礼貌、很有魅力的人。比如在和人交谈时，一定要看着对方说话，并且一定要等对方把话说完后，再发表自己的看法。在公共场合不大喊大叫，等等。

2. 不给同学起绰号。在学校里，有时候会开玩笑给同学起绰号，尽管你没有什么恶意，只是觉得好玩而已，可是在同学看来就不是这样，也许会因此伤害了他的自尊心。

3. 不说脏话，做一个文明的人。许多同学受不良习气的影响，觉得说脏话很时尚，能显出自己的霸气。那你就大错而特错了，因为说脏话不但让听的人感觉不舒服，更重要的是脏话会严重影响你的健康成长，让你成为一个素质低下，没有礼貌的人。

37 一根白发
——智慧胜过武力

好故事伴成长满足学生好奇心的50个智慧故事

智慧故事

有一个男孩的思维非常活跃，总喜欢把自己的想法写在日记里。

最近，他发现自己的日记经常被人翻动。于是，他怀疑妈妈偷看了他的日记，但一直没有证据。

一天，他伏在桌上写了一篇日记："妈妈，您头上的白头发又多了起来，您这是为我累的呀！妈妈，您一定要珍惜自己的身体啊！为了表达我对您的爱，我把您的白头发珍藏在日记本里。"

当天晚上，妈妈又去翻看儿子的日记，当她看到这一段字时，感动得流下了眼泪。看完后，她发现本子里并没有白头发，还以为是自己弄丢了，就从头上拔了一根白发，夹在了儿子的日记本里。

第二天，儿子拿出日记本，发现了白头发，就对妈妈说："妈妈，昨天您又看了我的日记！"

"怎么会呢，那根白头发不就在你的日记本里吗？"妈妈说。

"怎么样，露馅了吧。那根白发是您放的，我根本就没放白头发。"儿子笑着说。

智慧小语

你有写日记的习惯吗?假如你的日记被老妈偷看了,你会用什么样的方式和老妈"交涉"呢?故事中的小男孩多聪明啊,他没有正面去指责妈妈,而是用了一个小小的计策,就使妈妈不得不承认自己的错误。生活中有好多这样的事情,没必要大动干戈,用一点小小的智慧就能轻易解决了,你有类似的经历吗?将你的妙计说出来,与大家一起分享吧。

1. 在给别人指出错误的时候要讲究方法。有时候,你看到同学犯了错误,心里很替他着急,所以就不注意自己的说话方式,就会出口伤人,这样一来,你不仅没能让同学意识到他的错误,反而会让他因此讨厌你,不愿意再和你做朋友。所以一定要用恰当的方式去指正别人的错误。

2. 要用计谋来阻止他人的侵犯。老师或者父母有时候会因为对我们的期望过高,所以就用错了方式,甚至侵犯到我们的人身自由,我们当然不能当面顶撞老师或者父母,这时就需要我们利用自己的智慧找出折中的解决办法,既能让他们意识到自己的行为不得体,又对他们不失尊重。

3. 父母也有做错事的时候,我们可以拿出证据,或者给他们讲道理。相信每个家长都是开明讲理的,他们会改正的。

38 皮鞋的来历
——发明创造靠智慧

智慧故事

在很久很久以前，人们都还赤着双脚走路。有一位国王到一个偏远的乡间旅行，因为路面崎岖不平，有很多碎石头，他的脚被刺得又痛又麻。

回到王宫后，为了全国的百姓和自己的脚，他下了一道圣旨：将国内的所有道路都铺上一层牛皮。他认为这样做，不只是为了自己，还可以造福他的人民，让大家走路时不再受刺痛之苦。

但即使杀尽国内所有的牛，也筹不到足够的皮革，而所花费的金钱、动用的人力，更不知会有多少。虽然根本做不到，但因为是国王的命令，大家又想不出更好的办法，也只能摇头叹息。

这时，有一个仆人大胆地向国王提出建议："国王陛下，我有一个办法，既不需要您劳师动众，牺牲那么多头牛，也不需要花费那么多金钱。"国王忙问："是什么办法？""用两片牛皮包在您的脚上，不就再也不会被刺痛了吗？"仆人说道。国王听了很是高兴，于是他立刻收回命令，采用了这个建议——这就是皮鞋的由来。

好故事伴成长满足学生好奇心的50个智慧故事

智慧小语

如果不是这个机智的仆人，恐怕这个国家所有的牛都要被杀死用来铺路了，这是多么荒谬的一件事啊！小朋友们现在知道皮鞋的由来了吧，它可是智慧的产物哦！如果你也喜欢发明创造，不妨将自己美妙的想法告诉大家，说不定会为大家解决不少困难呢。

1. 平时自己动手做一些手工艺品，培养动手能力。在手工制作的过程中，多动脑筋，了解它的制作原理，将作品制作得更加完美。

2. 平时多注意观察。很多日用品都是经过人们不断改良，成为现在的样子的。我们平时要多留心观察，看看有什么东西用起来并不是最方便的，想想用什么办法可以让它更好用，不妨多试着改变，给它们做一些小小的改良。说不定你小小的改良就是一项小发明呢。

3. 将自己的经验告诉同学们，多和同学一起讨论。同学们在一起的话题会很多，讨论有益于知识面的丰富，如果每一个同学都有一种独特的解决问题的办法，那么你就会学到很多种。

4. 培养课外活动兴趣，不断学习。发现自己对一些事物比较感兴趣，就要从多方面充实知识，比如看科普书、参加兴趣小组、自己亲身实践等。

39 换票
——抓住机会去拼搏

 好故事伴成长满足学生好奇心的50个智慧故事

智慧故事

有两个乡下人准备到城里去打工。他们一个买了去纽约的票，另一个买了去波士顿的票。到了车站，他们打听后才知道纽约人很冷漠，指个路都想收钱；波士顿人特别质朴，富有爱心和同情心。

准备去纽约的人想，还是波士顿好，挣不到钱也饿不死，幸亏还没去纽约，不然真是掉进了火坑。

准备去波士顿的人想，还是纽约好，给人带路都能挣钱，幸亏还没上车，不然就失去了致富的机会。

最后，两个人相遇了，他们互换了车票，原来要去纽约的去了波士顿，打算去波士顿的到了纽约。

去波士顿的人发现，那里果然好。第一个月，什么都没干，竟然没有饿着。银行大厅里的水可以白喝，大商场里有欢迎品尝的点心，也可以白吃。他非常庆幸自己的选择。

去纽约的人发现，纽约到处都可以发财。只要想点办法，再花点力气就可以衣食无忧。他凭着自己的商业头脑，在建筑工地装了10包含有沙子和树叶的土，以"花盆土"的名义，向没有好泥土而又爱花的纽约人兜售。当天，他在城郊之间往返六次，净赚了50美元。一年后，他竟然凭着"花盆土"拥有了一间小小的门面。

在常年的走街串巷中，他又有了一个新的发现：一些商店的楼面虽然很亮，但是招牌却比较黑，一打听才知道是清洗公司只负责清洗楼面而不负责清洗招牌的结果。他立即抓住这一机遇，买了一些清洗工具，办起了一家清洗公司，专门负责擦洗招牌。如今他的公司已经有了150多名员工，业务还发展到了附近的几个城市。

不久，他坐火车去波士顿旅游。在路边，一个捡破烂儿的人伸手向他乞讨，他掏出了一张钞票递到那人手中。这时，两人都愣住了，因为在五年前，他们曾经换过一次车票。

智慧小语

生活中到处都充满了机会，如果你用心去发现，用自己的头脑做出正确的判断，相信成功离你并不遥远；而一个什么都不想干又贪图享受的人，即使机会摆在他面前，他也不懂得珍惜和把握。只要我们善于利用机会，善于运用头脑，就会有一个美好的未来。

1. 从小树立正确的价值观。一定要记住幸福需要靠自己创造，不贪图享受，不和同学攀比。即使爸爸妈妈有很多钱，也只是爸爸妈妈的劳动成果，依赖爸爸妈妈、依赖别人终究不会有大作为的。

2. 要善于抓住机会。机会就在身边，可有人却没能抓住。比如同样的老师，同样的教室，有的同学就能通过认真听讲，认真学习，取得好成绩，而有的同学却在课堂上捣乱，结果什么也学不到。

3. 当老师发现你的才华，给你特殊培训时，你不能由于比别的同学少了课外活动时间而感到委屈，更不能不专心训练而把这些宝贵的时间浪费掉。你应该把这个机会当成一种荣耀，努力发掘自己的潜力。

40 两个解梦者
——巧言化解危机

智慧故事

皇帝梦见自己所有的牙齿都掉了,醒来后,他吓出了一身冷汗,觉得很奇怪。他立刻召来一个解梦者,问他这个梦是不是暗含着什么意义或者预示着将来。

"唉,陛下,很不幸地告诉您,"解梦者说道,"每一个掉落的牙齿,都代表着您的一个亲人的死亡!"

"什么?你这胡说八道的家伙。"皇帝愤怒地对着他大喊,"你竟敢对我说这种不吉利的话,给我滚出去!"他下令道,"来人啊!给这个家伙50大板。"

不久,另一个解梦者被传召,他细心地听完皇帝讲述的梦境,脸上露出一抹微笑,说道:"皇帝,我很荣幸能为您解梦,您真是洪福齐天!您将活得比您所有的亲人都要长久!"

皇帝听后,立即眉开眼笑:"你的解梦之术实在是高明啊!"然后,又安排侍从盛情款待他,临走时还赏赐给他50个金币。

在一旁的侍从私下问这位解梦者:"就我听来,你的解释和第一个解梦人的说法不都是同一个意思吗?恕我直言,我并不觉得你的解梦之术有什么高明之处!"

那聪明的解梦者狡黠地答道:"你说得不错,不是我的解梦术高明,而是我说话比别人稍稍高明了一些。话有很多种说法,问题就在于你如何去说!"然后,他高高兴兴地捧着金币回家了。

1. 说话要懂得变通。虽然我们喜欢直来直去的人,但是往往说话方式毫无顾忌的人不会有太多的朋友,而且有时会不自觉地对他人造成伤害。因此,即使是真话,也要讲究说法,让

别人听起来如沐春风。

2. 赞美他人，用诚意感化人心。每个人都喜欢被赞美。自然真诚的赞美不仅可以温暖对方的心，还可以增进彼此的友谊，化解已经出现的危机。

3. 适时适度地自嘲。"我昨天在课堂上出尽了洋相，老师讲课我睡着了，流了一桌口水，老师提问，我不知道怎么回答。"适时的自我解嘲是一种幽默，省得同学们拿着这个话题当笑料。

4. 巧用机智和幽默。机智和幽默在交际中可以出奇制胜，既可以展示出你的聪明才智，又可以引起他人的兴趣，还可以缓和紧张的局面，甚至给大家带来欢乐。"你让我站了半天，刚好帮我减肥，你看，我至少瘦了5斤。"

5. 拒绝时，拒事不拒人。有时候一句拒绝的话，会得罪相交多年的好朋友。也有时候，你的一次拒绝却使对方更敬重你。这之间的差别就在于拒绝的方式。我们在拒绝对方时，要视情况而定，尽量既不伤对方的自尊心，又取得对方的谅解，从而增进友谊。

智慧小语

俗话说："话有三说，巧说为妙。"如何巧妙地表达出心中的意思，是有一定的学问的。同样的道理，由两个解梦者说出来，就有不一样的效果，这说明，有些时候，说话得讲求一定的技巧，要掌握其中的奥妙，还应该考虑效果。否则，就会给自己带来灾祸。

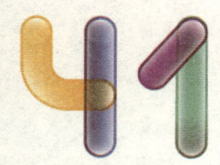

泥泞路上的脚印
——不经历风雨怎么见彩虹

好故事伴成长满足学生好奇心的50个智慧故事

智慧故事

鉴真大师刚刚出家时，寺里的住持让他做谁都不愿做的行脚僧。每天他都很勤奋地做着住持交给他的工作，两年来，从来没有一次让住持对他的工作觉得不满意，尽管他一直想不明白，为什么别人都在做着很轻松的活，而他却一直在做寺里最苦最累的工作，而且一做就是两年。

他感到很委屈，觉得住持分配得一点都不公平。终于有一天，已经日上三竿了，鉴真依旧大睡不起。住持很奇怪，推开鉴真的房门，只见床边堆了一大堆破破烂烂的瓦鞋。住持很奇怪，于是叫醒鉴真问："你今天不外出化缘，堆这么一堆破瓦鞋干什么？"鉴真打了个哈欠说："别人一年都穿不破一双瓦鞋，我剃度才两年，就穿烂了这么多双鞋子。"住持一听就明白了，微微一笑说："昨天夜里刚下了一场雨，你随我到寺前的路上走走吧。"

寺前是一座黄土坡，由于刚下过雨，路面泥泞不堪。

住持拍着鉴真的肩膀说："你是愿意做一天和尚撞一天钟，还是想做一个能光大佛法的名僧？"鉴真回答说："当然想做光大佛法的名僧。"住持捻须一笑接着问："你昨天是否在这条路上走过？"鉴真说："当然。"住持问："你能找到自己的脚印吗？"鉴真十分不解地说："我每天走的路都是又干又硬，哪里能找到自己的脚印？"住持又笑笑说："今天再在这路上走一趟，你能找到自己的脚印吗？"鉴真说："当然能了。"

住持笑着没有再说话，只是看着鉴真。鉴真愣了一下，然后马上明白了住持的教诲，醒悟了。

智慧小语

不经历风雨,就像一双脚踩在又平坦又坚硬的大路上,什么印迹也不会留下。只有那些在风雨中走过的人,才知道痛苦和欢乐究竟意味着什么。能参悟这样一个道理,也算是明白了人生在世的一大智慧:泥泞的路,才可以留下脚印。

1. 做事要先确定自己的目标。确立目标很重要,有了目标,我们才能制订出合理的计划,朝着自己的目标一步步前进。比如你给自己定的目标是期末要考全班第一名,那么你就会向着自己的目标而不断激励自己努力学习。否则,做事情没有目标,就容易产生惰性,最终将一事无成。

2. 认真对待每一件事。可能有的事情在你经过了很大的努力后,还是没能达到你预期的目标,这时你千万不能赌气放弃,因为你已经距离目标很近了,只要你再稍微努力那么一点点,你就可能成功了。

3. 事情做完后不忘总结经验和教训。当你高高兴兴地完成一件事后,千万不要忘了总结经验和教训,因为这会为你下一次做事提供帮助。如果你只顾做事情,而不总结经验教训,那么等事情做完后,你也不会有任何收获,那么这件事就等于白做了。

42 再也难不倒他
——搬石头不要砸到自己脚

智慧故事

国王自以为很聪明，喜欢出难题来难倒人。有一回，他找来一万两千个学者，问他们世界的中心在哪儿，结果谁也答不出。国王得意极了，马上出告示征求能回答这个难题的人，而且宣布：答对了的有赏，答错了的要受罚。

过往的人们看了告示，都摇摇头走开了。只有阿凡提看到之后，就骑上毛驴，赶到王宫去了。

阿凡提来到王宫，见了国王。国王问他："怎么，你知道世界的中心在哪儿?"

"我知道。"阿凡提回答说，"世界的中心就在我驴子左前蹄踩的地方。""胡说，我不信!""您如果不信的话，就请您把世界量一量，错了就罚我好了!"

"这……这……"国王想了半天，又问道，"那么，我再问你，天上的星星一共有多少颗?"

阿凡提想也不想，就回答："不多不少，恰好和陛下您的胡须一样多。""什么?你胡说!""这是千真万确的，您不信，可以上天去数数看。要是多了一颗或者少了一颗，我甘愿受罚!"

"那……那……你说，我的胡须又有多少根呢?快，快回答我!"

阿凡提一手举起毛驴的尾巴，一手指着国王的下巴，说道："您的胡须恰好同我的毛驴尾巴上的毛一样多呀!"

国王拍着桌子，叫道："岂有此理，不对，你胡说八道!"

阿凡提不慌不忙地说道："陛下要认为我说得不对，请您还是先数数自己的胡须，再数数我的毛驴尾巴上的毛吧。您一根一根地数过后，就知道我说得对不对了。"

国王听了，一句话也说不出来。

好故事伴成长满足学生好奇心的50个智慧故事

智慧小语

小朋友都听过阿凡提的故事吧，他是一个很聪明的人，国王的问题怎么能难得住他呢？就像这个故事中，虽然国王的问题很刁钻，但是阿凡提的回答更加刁钻，他让国王得到了教训，就像是搬起石头砸了自己的脚一样。阿凡提这种非凡的智慧是很值得我们学习的。

1. 不要有刁难别人的想法。不管是和同学还是周围的人相处，要友善、谦让，不要抱有嘲笑、打击或者捉弄别人的想法，那样不仅会伤害别人的自尊心，有时候还适得其反，让自己下不了台。

2. 多和同学做一些益智类的游戏。比如辩论比赛，不但能丰富自己的知识，增强应变能力，还可以增进同学间的友谊。

3. 智慧来源于知识，平时多看知识类的图书，掌握了知识，才能拥有更多的智慧，这样，无论遇到什么问题，都能给出最好的答案。

43 跳进井里的狮子
——智慧保护弱小者

好故事伴成长满足学生好奇心的50个智慧故事

智慧故事

从前,一个兔子和一个狮子住在相近的地方。它们虽是邻居,但是狮子很骄傲,总是夸自己力气大,看不起兔子,常常欺负兔子,吓唬它。兔子实在忍不下去了,一直想找个机会报复狮子。

一天,兔子跟狮子说:"喂,喂,老大哥!我今天遇见一个长得跟你一模一样的动物,它这样跟我说,有敢跟我比赛的吗?如果有,就叫它来比;如果不敢来比,就都得服我管,伺候我!这真是气死人的大话呀!这个家伙真是目中无人!"

狮子说:"你没有跟它提到我吗?"

兔子说:"不提还好,我一提你,它用鼻子哼了一声,说你算什么东西,当它的跟班它都不要!"

狮子气极了,忙问:"它在哪里?在哪里?"

于是兔子把狮子领到山后,远远地指着一口很深的井,说:"现在它就在那里面乘凉呢。"

狮子走到井边上,气呼呼地向里面一望,果然有一个跟它一模一样的"敌人",也气呼呼地瞪着自己。狮子对它吼了一声,井里的那个家伙也对狮子吼了一声。狮子气得连头上的毛都竖起来了,"敌人"头上的毛也竖了起来。狮子张牙舞爪地吓唬"敌人",使足全身力气,纵身就往井里一扑。结果可想而知,骄傲的狮子,就这样扑进井里淹死了。

智慧小语

狮子和兔子相比，当然是狮子更强大，它甚至可以一口把兔子吞下去。兔子呢？它虽然弱小，但是能够用智慧来对付狮子，骗得狮子自己跳进井里淹死了。这是一只多么聪明的兔子啊！而狮子真是愚蠢，连自己的倒影都分不出来，最后也只能落得这样的下场了。

1. 不要小看任何弱小的事物。每一件事物都有他自身存在的意义，有些东西，尽管看起来很弱小、不起眼，其实对我们的生活却起着很大的作用。比如细菌，它是我们肉眼无法看见的微生物，可如果没有它，很多东西都不能得到正常的分解和再利用。

2. 要懂得自我保护。生活中，我们可能会遇到一些坏人，这时我们就要想办法保护自己和他人不受伤害。我们可以先答应他的要求，然后趁他不注意再打电话报警，或者趁着人多的时候大喊，引起大家的注意。

3. 对坏人绝不能手软。有的坏人会在坏行为被人察觉的时候，装出一副很可怜的样子，让大家对他心软放过他。这时千万不能相信他的谎言和眼泪，一定要将他交到公安机关，只有让他受到了应有的惩罚，才能让他受到教训，以后才不会犯同样的错误。

44 郑武公伐胡
——不被表面现象迷惑

智慧故事

从前，在郑国的西北方向有一个小国家，叫胡国。

郑武公时时垂涎着水草丰美的胡国，总想一口吞并它。可是，胡国人个个擅长骑马射箭，勇猛剽悍，而且始终严密警惕着郑国，在边防的关隘也增加了很多将士。因此，郑武公不敢轻举妄动。

后来，精通心理战的郑武公想出了一个计策。他派遣大臣，携带厚礼，前去胡国求亲，胡君不知是计，欣然答应了。

郑国公主出嫁的那天，两国举行了隆重的婚礼。公主带去一大群陪嫁的美女娇妾，成天在内宫里欢歌醉舞，使胡君沉湎于声色犬马之中。

过了一些日子，郑武公召集文武百官，问道："寡人准备用兵夺地，你们看看，哪个国家可以讨伐？"大家都面面相觑，不敢吱声。

有个叫关其思的大夫知道大王平素总是垂涎胡国，便上堂答道："可以先讨伐胡国。"郑武公一听拍案大怒，厉声骂道："混蛋，胡国乃我们兄弟邻邦，你竟敢怂恿我去讨伐，快推出去斩首示众！"

消息传到胡国，胡君越发信赖郑国，于是边防日弛，兵马不操。

在一个黑夜里，郑国出奇兵偷袭，不费吹灰之力就占领了胡国。

好故事伴成长满足学生好奇心的50个智慧故事

智慧小语

如果一味贪图小恩小惠,被假仁假义所迷惑,就会像胡国一样,终不免遭受灭亡。而郑国的聪明之处就在于用一些假象来迷惑敌人,最终达到了吞并胡国的目的。所以不管在什么时候,都不要因为假象而迷失自己的立场。

1. 下结论或者发表你的看法前,先弄清楚事情的前因后果。比如你的同学和你约好了上午十点在公园门口见面,而你等了很久他还没来,你就告诉别的同学,说他不讲信用。而他也告诉同学,说你不讲信用。怎么回事呢?原来,你们两个分别在不同的门等待对方。由于没有约好,而让同学们误以为你们都是不讲信用的人,这损失可就大了。

2. 看到一些不正常的现象时,要深入观察,了解事情的真正原因。比如你每天放学后妈妈都会做好饭,可今天妈妈却躺在床上没有做饭。怎么回事呢?是妈妈睡得忘记时间了吗?或许是妈妈生病了呢。这时,你一定要问个究竟。

3. 在解答难题时,不要被题中的条件限制,可以多换几种角度来思考问题。这方面可以做一些脑筋急转弯的题来训练自己的思考能力。比如做一道填数字的题:1=5,2=10,3=15,4=20,5=?如果你按给出的条件来推算,你的答案肯定是25,而正确答案是1。

一招制胜
——将劣势转化成优势

 好故事伴成长满足学生好奇心的50个智慧故事

智慧故事

有一个10岁的小男孩,在一次车祸中失去了左臂,但是他很想学柔道。

最终,小男孩拜一位日本柔道大师为师,开始学习柔道。他学得不错,可是练了3个月,师父只教了他一招,小男孩有点不明白大师为什么要这样做。

他终于忍不住发问:"我是否应该再学学其他的招数呢?"

师父回答说:"不错,你的确只会一招,但你只需要会这一招就够了。"

小男孩仍旧不是很明白,但他很相信师父,于是就继续照着师父的指导练了下去。

几个月后,师父第一次带小男孩去参加比赛。小男孩没有想到自己居然能轻轻松松地赢了前两轮。第三轮稍稍有点艰难,但对手还是很快就变得急躁,并连连进攻,小男孩敏捷地施展出自己的那一招,又赢了。就这样,小男孩顺利地进入了决赛。

决赛的对手比小男孩要高大、强壮许多,也似乎更有经验。小男孩一度显得有点招架不住,裁判担心小男孩会受伤,就叫了暂停,并打算就此终止比赛,然而师父不答应,坚持说:"继续下去!"比赛重新开始后,对手放松了戒备,小男孩立刻使出他的那一招,制服了对手,由此赢了比赛,得了冠军。

回家的路上,小男孩和师父一起回顾每轮比赛的所有细节,小男孩鼓起勇气道出了心里的疑问:"师父,我怎么凭一招就能赢得冠军呢?"

师父答道:"有两个原因:第一,你已经掌握了柔道中最难的一招;第二,据我所知,对付这一招唯一的办法就是抓住你的左臂,可是你没有了左臂。孩子,有的时候,人的劣势未必就是劣势,可能反而成了优势。"

智慧小语

每个人都有自己的优势和劣势，没有人是十全十美的，所以，不管发生了什么事，我们总会有击败对手的能力和机会。故事中的小男孩很不幸，那么小就失去了左臂，但也正是因为如此，他才具备了别人不具有的一招制胜的优势。能将劣势转化为优势，是人生的大智慧。

1. 要习惯于多方面地看待任何事物。我们的生活中既有好的一面，也有坏的一面，如果强调好的一面，就会产生良好的愿望和结果。不要总是抱怨，要满怀信心，多看到事物好的一面，就会从逆境中走出，取得成功。

2. 从失望中得到好处，利用失败找到自己的不足，进而使自己更完善。千万不要以为失望就意味着彻底失败，我们要学会用积极的心态把它转化为励志的经验，有些时候，失望正是新希望的开头呢！就像我们考试时丢了10分，就不要只是说自己倒霉，要通过这次考试知道自己哪一部分学习得不好，从而加强学习。

3. 多用表扬、称赞的态度对待周围的同学和事物，那样，不但会让人轻松、快乐，还可以慢慢地习惯于发现积极的一面。

4. 要不时地提醒自己任何困难都是能够克服的。在心中树立榜样，比如海伦虽然失去了视觉、听觉和说话的能力，但是她自强不息的精神却鼓舞了众多人。

司马光砸缸
——机智勇敢救人救己

智慧故事

我国历史上有很高价值的史学著作《资治通鉴》的编纂者司马光，从小就聪明好学。

在司马光七岁那年夏季的一天，他和几个小朋友一起在庭院里玩耍。院子里有一口大缸，一个小朋友爬到缸沿上，对着缸里的清水"照镜子"。突然，他一不小心掉进水缸里，然后就在水缸里拼命地挣扎。在场的其他小孩子都吓坏了，也不知道该怎么办。后来有的去喊大人，有的不知道去哪儿了。

这时，小司马光急中生智，抱起一块大石头，用力砸向水缸的底部。水缸立刻被砸开一个大洞，清水哗哗地往外流，水缸里的小朋友终于得救了。

此时闻讯赶来的大人们看到小孩得救了，都夸小司马光机智勇敢。

1. 多看关于英雄事迹的书籍。将英雄伟人的事迹与自己的行为对比，从另一个角度去认识问题，使自己坚强勇敢地面对困难。

2. 遇到困难不退缩。所有的英雄都是因为他们战胜了常人难以战胜的困难，人们才称他们为英雄。可能小朋友们会觉得现实生活中遇到的困难很少，没有机智勇敢的机会。其实并不

 **好故事伴成长满足学生好奇心的50个智慧故事**

是这样的,你可以想一想,当你遇到难题的时候,当你早上不想起床的时候,当你作业没有做完想去玩耍的时候,这时你会怎么做呢?这些都是我们的困难啊。

3. 在保证自己的安危的前提下,去救别人。当你看到有人掉到河里并大喊"救命"时,你可能会毫不犹豫地跳下河中去救他。可是你有没有考虑到你会不会游泳,你的游泳水平和你的体力可以救出一个落水者吗?如果你的能力救不了落水者,那么你的行为只是在冒失地逞能。这时,你要做力所能及的事,如喊来大人,及时拨打110报警和120急救电话。

智慧小语

小孩子玩耍本是一件天真烂漫的事,但是如果不小心遇到了危险,机智勇敢就是一种能够救人救己的力量了。就像故事中的小司马光那样,在小伙伴遇到危险的时候,他并没有像其他孩子一样惊慌地跑开,而是用智慧的力量使小伙伴脱离了险境。小朋友们也要发挥自己的聪明才智,以在危急时刻成为勇敢、机智的好少年哦!

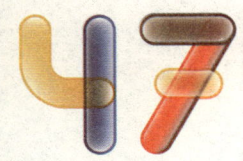

空瓶喝酒
——智慧战胜邪恶

好故事伴成长满足学生好奇心的50个智慧故事

智慧故事

从前有位财主十分贪婪，每次吩咐别人办事时都想在别人身上占些便宜。有一天，财主派一名长工去买酒，可是又不给长工买酒的钱，长工感到有些莫名其妙，便问道："老爷，没有钱怎么能买到酒呢？"财主怒斥道："花钱买酒谁不会呢？要是你能不用钱就买回酒，那才是有本事呢！"财主这样分明是要长工自掏腰包买酒给他喝。这位长工机智过人，他想到了该如何反击，于是他一言不发地拿着酒瓶出去了。

时间不长，长工拿着空瓶回来，他走到财主身边说："老爷，酒买回来了，你慢慢喝吧！"财主拿过酒瓶一看，里面空空如也，顿时大发雷霆，说道："岂有此理，你是怎么给我办事的？酒瓶空空，叫我喝什么？当心我扣你一半的工钱！"

那位长工不慌不忙慢悠悠地说道："老爷，酒瓶里有酒谁都会喝，你要是能够在空瓶里喝出酒来，那才是真有本事呢！"财主气得直翻白眼，一句话也说不出来。

1. 当你一个人在家，接到陌生人的电话时，要问清对方是谁、找谁，有什么事，以便把重要的消息及时地转告给家人。如果对方自称是爸爸妈妈的朋友，有事要到你家里来，让你告诉他地址，你可以礼貌地回答："对不起，我说不清楚。"这样就可以不让坏人有机可乘了。

2. 有陌生人告诉你家里人出事被送到什么地方时，不要因为关心家里人，就惊慌失措，随便相信陌生人的话。更不要顺从他们的要求，或是跟他们走。你可以通过打电话等其他方法，来确定这些话是否属实，一旦发现陌生人在欺骗自己，一定要尽快设法举报。

3. 陌生人给你东西时，不管它有多好玩、多好吃、多宝贵，你都要坚决拒绝，对他说："谢谢，我不要，我家里有。"或者说："妈妈不让我收别人的东西。"如果陌生人恼羞成怒，凶相毕露后，强行让你吃东西，那么你就要坚决反抗，大声呼救。

4. 有的坏人会冒充警察盘查路人。如果执法人员不让你看证件，你一定要拒绝接受检查，而且不要与朋友分开，更不要跟他们到某一"部门"或"场所"接受检查。一旦对方纠缠或者动手动脚，要赶紧向人多的地方跑，同时要大声喊叫，引起人们的注意，达到吓跑坏人的目的。

5. 当你坐出租车上学，发现司机把车开到了你不熟悉的路上时，你先向司机询问是不是走错路了，并再次说明你所要到的地点。发现情况不对，借口要去厕所或办一些着急的事，请他在路边停车。赶快下车到人多的地方去，找交警叔叔说明情况并请他帮助你回家或回学校。如果司机还继续开车，你把车窗摇下，等到红灯停车时，向窗外的行人和车辆大喊"救命"。

智慧小语

狡猾的财主不给长工钱就让他去买酒，而机智的长工以牙还牙，把空酒瓶给财主喝，让财主无话可说，这可以说是一场精彩的智斗。人，只有靠智慧，才能战胜邪恶。智慧，是我们锐利的武器。

聪明的小男孩
——站在问题之外看问题

智慧故事

有一辆大卡车因为司机的疏忽，被卡在了桥下面，进退不得，许多人聚在那里围观。

工程师、警察和汽车厂商都来了，但是大家都束手无策，而附近的道路也因意外事件而拥堵不堪，眼看车子已大排长龙，交通将完全瘫痪。

这时突然有一个小男孩挤进现场，大声地对司机说："司机伯伯，我告诉你一个办法，只要把轮胎放掉一点气，就可以退出来了。"

司机望着小男孩，若有所思地点了点头，马上按小男孩的方法去做。果然，大卡车穿过了桥洞，拥挤不堪的道路也慢慢恢复了正常。

智慧小语

有时候即使我们绞尽脑汁、费尽心力，很多问题也仍不能解决，但是注注旁人的一句话，就能使问题迎刃而解，果真应验了"旁观者清"的这句俗语。小男孩的一句话让愁眉不展的大人们豁然开朗，一个小小的办法便解决了一个大难题，你佩服这个小男孩的机智吗？

好故事伴成长满足学生好奇心的50个智慧故事

俗语说："当局者迷，旁观者清。"一个人有了烦恼，或者遇到棘手的问题时，应该学会站在问题之外看问题，以清醒的旁观者的眼光来应对问题。

1. 如果你从冰箱里拿盛满食物的碗时，不小心摔在了地上，这时你肯定很紧张，害怕被妈妈吵，一时愣着不知如何是好。其实冷静地想一想，碗已经打碎，食物已经撒在了地上，妈妈看到后唠叨你几句，她还不是赶快打扫卫生吗？"别为打翻的牛奶哭泣"，现在你就别犹豫了，拿着扫帚和垃圾斗打扫卫生吧。以后吸取教训，拿东西时小心点就行了。

2. 遇到一时难以解决的问题，要打破常规思维，多角度或逆向思维。有一个人拿着一根三米长的竹竿要进入高两米宽一米的门，竹竿横着竖着都进不来，怎么办呢？他只好把竹竿截成两段，竖着拿进来了。我们都会笑话他，只要把竹竿平放着就能进来了，他却把问题考虑得这么复杂。可当时，他一直计算着门和竹竿的尺寸，没有从其他的角度思考，注定解决不好问题。

幸福在哪里
——幸福就在身边

好故事伴成长满足学生好奇心的50个智慧故事

智慧故事

草原上有两只狮子,它们是母子。有一天,小狮子问母狮子:"妈妈,我总是听到很多动物说到幸福,到底幸福是什么?它能不能吃?到底幸福在哪里?"母狮子说:"幸福不是东西而且也抓不着,更不能吃,它就在你的尾巴上。"

小狮子听到妈妈说幸福就在自己的尾巴上,于是,它便不断地追着自己的尾巴跑,但始终咬不到。

母狮子看到孩子天真的样子,忍不住笑道:"傻瓜!幸福不是这样得到的。只要你昂首向前走,幸福就会一直跟随着你!"

智慧小语

狮子妈妈的话是多么正确啊,"只要你昂首向前走,幸福就会一直跟随着你!"我们总是在不断地寻找着幸福,总觉得幸福离自己很远很远,其实,当我们抛开了所有的功名利禄,用心去欣赏、享受已经拥有的一切时,幸福就会一直在我们身边。

  1. 要懂得知足常乐。尽管不满能促使我们不断进步，但是满足却能给我们带来快乐，有时候，我们要学会知足，这样我们才能生活得更轻松，我们才不会因为偏激而变得贪婪。比如，在学习上，需要不满来激励我们前进；可是，在生活上，我们要懂得满足，不要有太多的奢望，因为爸爸妈妈都很辛苦，他们养育我们已经很不容易，如果我们再不满足，那么会让爸妈感到难过，自己也会不快乐。

  2. 要学会感恩。只有懂得感恩的人，才是一个优秀的人。我们应该感恩我们所拥有的一切，感恩父母对我们的养育，感恩老师对我们的教导，感恩社会给我们的美好生活，这样我们才能想办法去回馈社会，才能促进自己不断成长。

  3. 不要羡慕别人的幸福，从而错失自己的幸福。幸福就陪伴在你身边，如果你忽视了它，而仅仅看到别人的幸福，羡慕甚至嫉妒别人的幸福，那么你就永远也得不到自己的幸福。我们要学会经营自己的幸福，牢牢地将它抓在手里。

50 一休捉老虎
——大智若愚

智慧故事

　　一休把将军的瓷瓶打碎后，诚心地向将军道歉。将军为了显示他的胸怀宽广，表面上原谅了一休，可心里十分不高兴，打算故意为难一休。

　　将军领着一休来到屏风前面，装作没事似的笑着说："人们都说你是个聪明的孩子，现在请你帮我一个忙吧！瞧，我这屏风上有一只老虎，到了晚上它就跳下来伤人。你帮我把它给捉起来吧！"

　　屏风上的老虎栩栩如生，一休盯着老虎看了一会儿，对将军说："请给我一根结实的绳子和一条布带子。"将军立刻命仆人把一休要的东西找来了，心里想：看你有什么能耐将画里的老虎抓住。一休掏出手绢缠在头上，用布带子把两个袖口扎住。做好了这些，他便大步跨到屏风前，手里提着绳子，横眉竖目，摆出一副面对强敌的架势。将军目不转睛地观察着一休的表现，想：摆的架势倒挺像捉虎英雄，可画里的老虎是不会跳下来让你捉的！

　　过了一会儿，将军见一休没什么动静，便催促道："怎么啦？快动手啊！""是，大人。我也很想抓住它，但是，它好像被我勇猛的样子吓坏了，一动也不敢动了。这样吧，您派个人把它从屏风上赶下来，我就能把它捉住了。"

　　将军傻了眼，对一休的聪明才智非常佩服，他笑着说："看样子，这只老虎的确是被你的勇猛吓住了，我想以后它也不敢再出来害人了。"

　　明代有位学者说过："愚蠢的人，别人会讥笑他；聪明的人，别人会怀疑他。只有既聪明而看起来又愚笨的人，才是真正的智者。"这句话是对大智若愚者最好的诠释。大智若愚者做事低

调，不露锋芒，这样使他更具亲和力，人们更愿意与他交朋友。

  1. 帮助别人不是愚蠢的事情。有些同学可能会因为占了你一点小便宜，觉得你很傻，或者在你帮助别人的时候，觉得你浪费自己的时间和精力，而且不图回报是很笨的行为。其实，只有很少数的人会那样认为，在你帮助别人的时候，你付出了，同时你也得到了最宝贵的精神财富，你周围的同学也会因为你乐于助人而喜欢和你交往。所以，有时候，举手之劳能带来很多快乐，是有智慧的表现，千万不要认为帮助别人是傻事。

  2. 真正聪明的人懂得付出。如果你把自己的零花钱捐给贫困山区的孩子，你可能少吃一点零食，但是却可以给那些渴望知识的孩子买一本书。他收获了知识，你得到的价值远远大于一包零食带来的快乐。所以，肯替别人着想，是聪明的表现，也是第一等的学问。

  3. 谦和礼让，不斤斤计较都是大智若愚的表现。有些同学可能会因为占了你一点小便宜，觉得自己很聪明，其实"聪明反被聪明误"，朋友都会因此离他越来越远。相反，谦和礼让的人更容易成为朋友中的"香饽饽"。

智慧小语

  一休的聪明让我们赞叹不已，明知道将军在为难他，他也没有在言语上与将军争辩。一休以独特的智慧，大智若愚的表现，不但解了自己的围，也没有使将军难堪。